JN163927

覚　醒

見上げればオリオン座

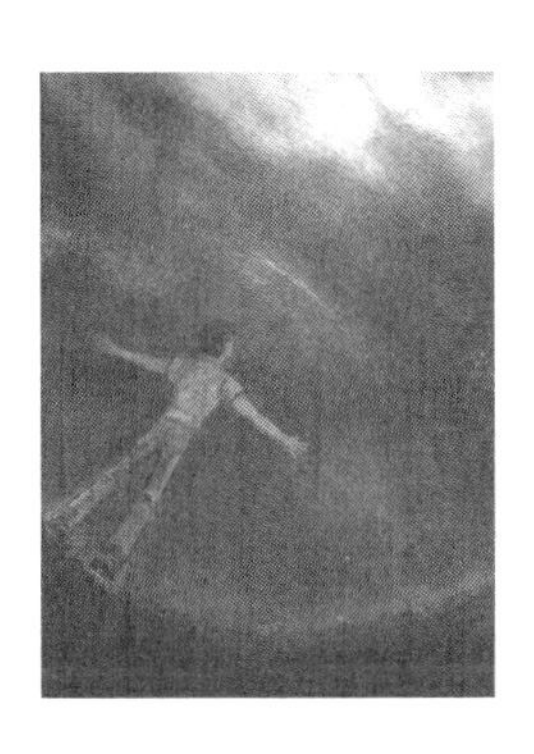

日向　暁
Himuka Satoru

コールサック社

関係地図・主な登場人物

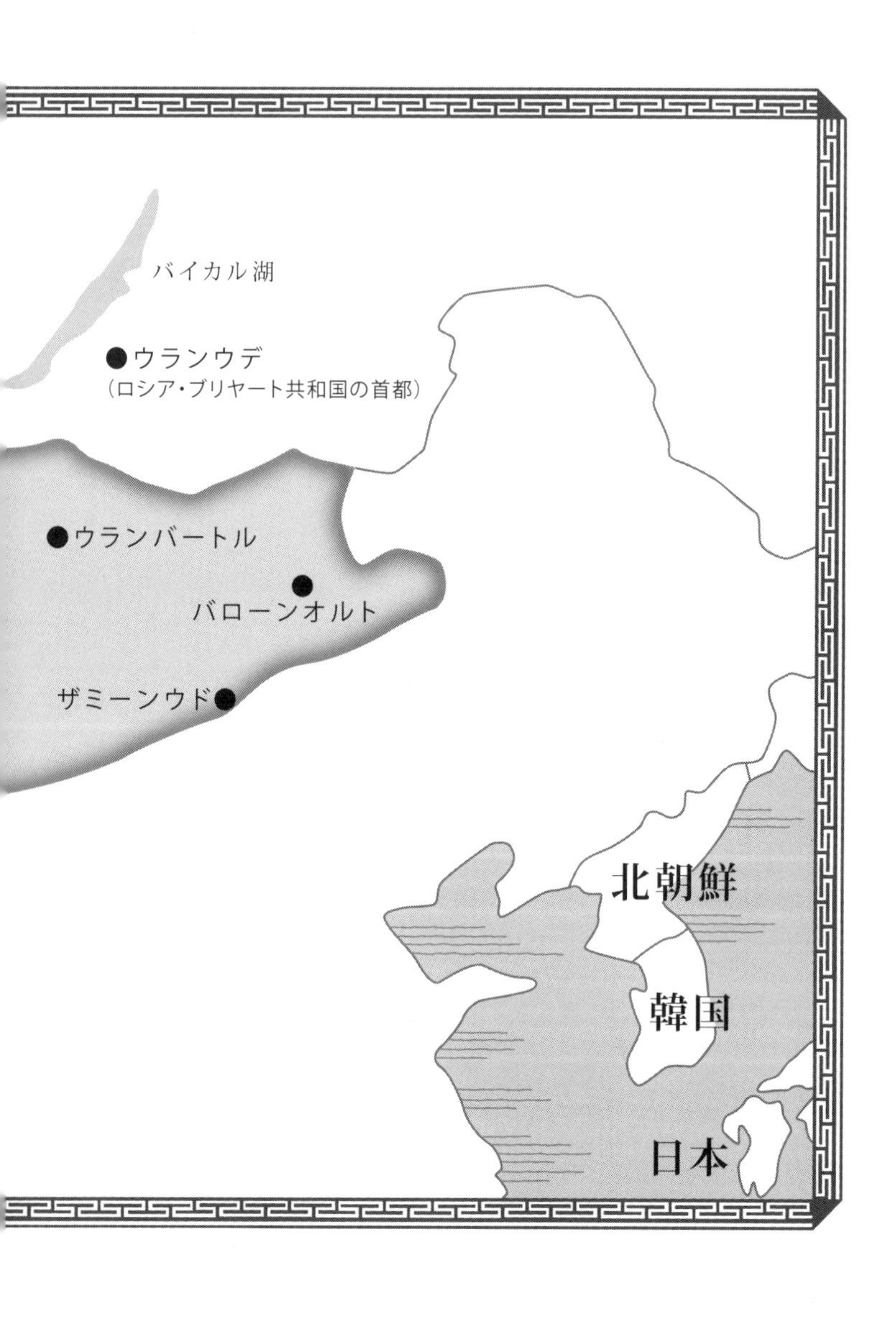
バイカル湖
●ウランウデ
（ロシア・ブリヤート共和国の首都）
●ウランバートル
バローンオルト
ザミーンウド
北朝鮮
韓国
日本

ロシア
カザフスタン
モンゴル
バルハシ湖
アルマトイ
中華人民共和国

主な登場人物

星 北人（ほくと）　主人公

宙（そら）　占い師

白井先生　白井ゼミの教授

●白井ゼミに所属する学生

天乃　北人の友人

折田

月子

●モンゴルの留学生

韓国人

キョン　モンゴル語初級科の北人のクラスメート

ヘミョン　キョンの妹

ブリヤート人

カルル　北人の友人

アラン

ステファン

エフィ

カザフスタン人

ジロフ　北人の友人

カディロフ

バエケノフ

サビーナ　北人の思い人

レジナ　サビーナの友人

●モンゴル人

ボルト　留学斡旋業者のモンゴル人スタッフ

オヨン　日本語を学ぶ女子学生

ソブド　オヨンと同じ寮に住む女子学生

ソブドの家族たち

サラ　バローンオルトに住む女

バトー　サラの兄

ドルジ　学生

覚醒

～見上げればオリオン座～

一

「さあ、聞きたいことはなあに?」

その女性は僕を見つめながらそう聞いた。その女性の目は彫像で見る大仏のような目をしていた。

「あの……」

僕は言いかけて黙った。何と言えばいいかわからなかった。

「ええ、何でしょう?」

その女性の大仏の目が一瞬、何か考えごとをする時のように、さらに細くなって、それから大きく開いた。その目が僕の心を温かくした。僕は喉につかえたものを吐き出すように口を開いた。

「僕はどうしたらいいんでしょうか?生きるのが嫌になってしまったのかもしれません。どう生きていったらいいのかわからないんです。なぜだかこうして街を歩いていても、胸がドキドキしてしょうがないんです。何かが怖いみたいなんです。」

これだけでは意味をなさない言葉の羅列だ。奇を衒っていると思われたかもしれない。

そう思いながらも、僕は何か制御できない力につき動かされているかのようだった。

その日の夕刻、大学からの帰宅途中、降りたことのない乗換の駅で電車を降りた。何だか気分が塞いでいて、おとなしく電車の座席に座っていることが耐えられなかった。そしてどこへ行くあてもなく、コートのポケットに手を突っ込み、首に巻いたマフラーに顎をうずめて、師走のにぎやかな商店街を歩いて行った。そしてふと紫の下地に黒い文字で「占」と書かれた暖簾が目に入った。まるでこの世の人々の示し合わせたような眼差しも笑いも優しさも怒りも無縁であるかのような世界。この世の中から隔絶されたような世界を僕は紫の暖簾の向こうに感じているような気がした。

ただの思い込みなのかもしれないが、実際僕はこの部屋に入ると、少し落ち着いた気分になれた。暖簾をくぐってすぐのドアを開けて閉めると、商店街の喧騒はシャットアウトされた。瞑想的な音楽が流れ、シューとかすかな音を立てた加湿器からはアロマオイルの匂いが流れてくる。部屋は暖かくて薄暗く、天井にかけられた豆電球が目の前の小さな丸テーブルの上にオレンジ色の光を灯していた。

「何と言えばいいか、わからないのですが、僕は不安で不安でしょうがなくて、何が不安かもわからなくて……。人と話すのが嫌でたまらなくなることもあって。何もやりたくなくなることもあります。」

　僕は自分にあきれた。少しでも思うところを伝えようと焦れば焦るほど言葉は空回りした。その女性は黙って聞いてくれていたが、伝わるわけがなかった。しかし占い師なのだから、何かしら察してくれたらと思った。

　するとその女性はいたわるような優しい声でゆっくりとこう言った。

「わかったわ。もう話さなくて大丈夫よ。」

　その女性は、ふわっとボリュームをもたせた長い髪を肩まで垂らし、瞼には薄い紫色のアイシャドウを塗っていた。切れ長の目をしている。ふっくらした頬にはかすかにそれと分かる程度に薄く、ピンク色のチークを塗っている。左手には鮮やかな赤のダイヤをはめ込んだ指輪とエメラルドグリーンのダイヤをはめ込んだ指輪をそれぞれ中指と人差し指に嵌め、薬指には重みのありそうなゴールドの指輪を嵌めていた。そしてその指先は丸テーブルの上の紙の切れ端の上に置かれていた。紙の切れ端には僕の生年月日と名前と血液型が記されている。また、首には三日月をかたどったシルバーのネックレスをつけ、服は胸元の開いた紫一色のワンピースを着ている。

　その女性は黙ったまま数秒の間、懐かしいものでも見るように、僕の目の奥を覗き込んでいた。そして僕はその女性が見ようとするものを、無防備にそのままに晒して見せようとするように、その女性の目を見つめていた。僕の倍くらいは歳が離れていそうな女性ではあったけれど、すべてを委ねて甘えてしまいたくなるような色気を感じた。

その女性は目をつぶった。そのまま数十秒もの間、じっと目をつぶって何か思いを巡らしているようだった。それからゆっくり目を開いてその女性は僕を見た。

「ずっと自分の胸のうちに苦しみを抱えて、今まで耐えてきているのね。つらかったでしょう?でも、もう大丈夫よ。ご挨拶が遅れました。私の名前は宙(そら)と申します。北人(ほくと)さん、あなたが今日ここに来たのも私と縁があってのことなの。意味があることなのよ。まずお伝えしたいのは、ご自身を信じて欲しいということ。ご自分の輝く未来を信じてほしいということです。私には見えていますよ。本来のあなたは賢くて、心の強い人なのよ。私が、これからあなたが未来を切り開いていくための手伝いをしてさしあげます。大丈夫、きっと道は切り開かれるわ。でも、ほんの少しの努力が必要よ。今から私の言うことをよく聞いてね。」

僕は宙の「大丈夫よ。」と言った一言だけで、ふっと心が軽くなったような気がした。宙の目を見つめたまま、僕はピクリとも動かないでいた。

「北人さん、あなたにはきっかけが必要なの。開いたことのない扉を開くのは勇気のいることよね。不安なことよね。でも、ほんの一時だけ勇気を出して欲しいの。一度開いたことのない扉を開いてしまえば、そんなに怯えることもなくなるのよ。」

宙は僕の中の何かを、はっきりと感じとってくれているようだった。しかしそれが何かは僕にもわからないでいた。

「私はあなたに多くを教えはしないわ。あなたの苦悩があなたに道を指示してくれるのです。今は空回りしているだけなの。私はただあなたをスタート地点に立てるようサポートするだけ。」

宙はそう言って優しく微笑みかけ、丸テーブルを挟んだ向かいの椅子から立ち上がると、僕の座る椅子の右側に立った。そして、左の掌を僕の後頭部に当て、右の掌で僕の両目を覆った。僕は飼い主に抱かれた子犬のように、宙のするままに任せた。

「さあ、あなたは夢を見ます。夢は今のあなたの心を反映しています。さあ、眠りなさい。目が覚めたら、夢で見たことを私に語ってね。」

宙がそう言うと、遥か遠くから僕は凄まじい勢いで体ごと吸い込まれていくような感じを受けた。そして眠りの中へ落ちていった。

ふと気づくと、４人の男たちと白く細長いテーブルを囲んで座っていた。彼らはきっちりスーツを着こなしていた。スーツにはしわ一つなく、髪もワックスでしっかりなでつけてあったりして、どこにも隙のない身なりをしていた。歳は20代後半くらいから40歳くらいの者までいたが、それぞれ、それなりに経歴を積んできたらしい雰囲気がある。目をギラギラと輝かせている。テーブルの脇にはホワイトボードが置かれている。僕は新調したばかりのスーツを着て、ぴったり合わせた両膝の上に行儀よく手を置いて、彼らの中心に座っていた。

「星北人君は、白井先生のゼミの学生だそうだね。」

僕の正面に座っていた40歳ぐらいの脂ぎった肌をした男がふふんと鼻から息を吐くと、右の眉をぐっと上げて僕を見ながらこう言った。どうやらこの中ではリーダー的存在のようだった。

そのすぐ隣にいた、ごま塩頭の男はにやつきながら、横目で僕を見て言った。

「ほう、白井先生の教え子か。例の大学からは毎年、白井先生の紹介で新入社員が入ってくるんだ。わが社の中枢では白井ゼミ出身者が大活躍している。有難いことですな。毎年、優秀な新入社員を確保できるというのは。」

4人の男は誰もが両ひじをテーブルの上において、僕の方へ身を乗り出すようにしている。

「何しろ今は人材が一番大事なんだ。特に頭脳が若くて斬新なアイデアを出せる優秀な人材がね。その辺、星君は間違いないだろうさ。何しろあの例の大学の学生で、白井先生の紹介ときてるのだから。」

「きっとわが社の将来を担ってくれる人材に成長してくれるだろうさ。なあ、星君。」

もう別の2人の若い男がそれぞれこう言った。2人とも整髪料をつけた髪が不自然にテカテカと光っている。こうしてべっとり整髪料を付けることが最近のはやりとでも思っているかのようだった。

どの男も時々、口の端を上げてにやつきながら、騒がしいくらいに僕のことを話題にしていた。口々にいろんなことを言う。彼らは一言言う度に、僕に視線を投げてよこした。僕はその度に、恐縮したふうに愛想笑いをしている。

さっきの脂ぎった顔をした男が、改まったふうに生真面目な顔をして言った。

「いいかい、星君、今はグローバルな時代なんだ。市場は世界中にある。ビジネスのチャンスは日本を飛び越えてどこまでも拡がっていくんだ。会社の利益や大きくなる会社の規模に上限などないのさ。いいかい、星君。市場が限定されていれば、利益に上限はある。しかしこれからは世界60億の市場へ出ていくんだ。今までなら想像もつかないような可能性が開けているんだ。大いに励みたまえ。」

僕は改めて背筋を伸ばして深くうなずいて見せた。

「ふふふ、そうさ。ビジネスをグローバルに展開するとなると、一つの商品を10億、20億生産して売るのも夢じゃないということさ。わかるかい星君。」

ごま塩頭の男はさっきと同じように脂ぎった顔をした男の言葉を受けて言った。

彼らはとっておきの秘密を明かしているかのように、得意げに目を輝かせてそんな話を続ける。

また、脂ぎった顔をした男がうなずきながら、僕を凝視して、何か思いを巡らしたようにしながら、また口を開いた。

「まあでも世間を眺めていていつも思うんだがね、今のグローバル化の時代の波を敏感に感じ取れない奴は、どうしようもないよな。この時代の波は乗り遅れたら、生き残れないというのに。まあ、星君はその辺の自覚はきっと出来ているだろうし、大丈夫だろうけどね。」

　そこで僕に笑いかけるようにニッと笑うと話を続けた。

「しかし星君、心してもらわなければ困るよ。我々はこれから経済戦争をするんだ。世界中の企業と世界中の市場を奪い合うわけさ。しかしこういう変革の時でなければ、ビッグチャンスはつかめないんだ。戦国時代には農民出身の豊臣秀吉が天下人になっただろう。我々は戦国大名が天下を目指したように野望を大いに抱いているわけさ。」

　僕はそこでいったん息をついて深呼吸をした。男達は始終、獲物を目にしたライオンのように目に怪しい光を放っている。その目を見ていると、心臓がドキドキして止まらなくなった。僕はなんて言葉を返していいか、わからなかった。しかし男達は僕の思惑など読もうともせずに話を続けた。

　若い2人の男のうちの一方が明るい声で言った。

「しかし星君は運がいい。わが社のような大企業に入社したからには、もう君の将来は安泰だ。給料もかなりいいしね。世間じゃあ、非正規社員として働いて、食うや食わずの生活を強いられ、貧困のために結婚さえできない若者が山ほどいるというのに、君には何の心配もいらないよ。」

続いてもう1人の若い男が親しげに笑みを浮かべながら言った。

「そうさ。星君は見たところ、なかなかのイケメンだし、さらにわが社の社員という肩書もある。何しろ経済力がある。これは大きな魅力だ。もてること間違いなしだ。お金をある程度貯めたら、車でも買うがいいさ。週末はいつも車に女の子を乗せてデートとかね。お見合いパーティなど行ったら、どの女性からも引っ張りだこさ。プライベートが充実すれば仕事にもより力が入るというものさ。ハッハッハ。」

その男はそう言うと、笑いながら僕の肩を少し強めに叩いた。僕が照れ隠しに頭を掻きながらうなずいて見せると、他の男たちもどっと笑った。

しかし次第に、その男たちの笑いは僕の頭の中でこだましながら、だんだんと小さくなっていった。それと同時に笑っている男達の姿も霧にまみれるように、少しずつ薄くなって消えていった。


ふと気づくと今度は、デスクの向こうででっぷり太った白髪の老人が、肘掛け椅子に座っているのが見えた。僕が所属するゼミの白井先生だった。白井先生は垂れ下がった瞼の下から、いかにも眠たそうな目を僕に向けていた。僕の座っている椅子の両脇には、僕の背よりも高い本棚にずらっと本が並べられている。ここは僕がいつも通っているゼミ室だ。

「星君、君は優秀な学生だ。わしは君がこのゼミに入った時から、大いに期待していたのだよ。君は少し性格が大人し過ぎるところがあるが、根が真面目で実に素直だ。何も心配することはないさ。万事うまくいくだろうよ。わしが推薦して例の会社に入社するんだ。悪いようにはされない。何しろわしはあの会社の役員でもあるのだからね。」

白井先生は肘掛け椅子に深く腰掛け、背を反りかえした姿勢のまま、そう言った。

「はい、ありがとうございます。大いに励みます。」

僕は反射的に背筋を伸ばして、大きな声でそう答えた。しかし、白井先生の言う、万事うまくいくとは、どういうことなのだろうかと思った。

「そう、その素直さがいいのさ。星君は可愛がりがいのある子だ。君はまだ世の中のことは何も知らない。今はそれでいい。わしの言われた通りにしていれば、道を踏み外すことはないさ。君はきっと最終的にはあの会社の役員にはなれる。わしの言われた通りにしていればな。ハッハッハ。」

白井先生はそう言って右の眉をぐっと上げて静かに笑った。

「はい、誠心誠意、仕事に励みます。お世話になった白井先生のためにも。」

僕がそう言うと、白井先生は目じりに皺を作って満足げにうなずいた。

そうしてから白井先生は何事か思いめぐらすふうに、生真面目な顔をして僕を眺めたと思うと、ぐっと身を乗り出して語りだした。

「いいかい、星君。君にはまだ思いもつかないことだろうけれど、世の中はきれいごとでは動かない。正論で世の中は動いていないのだよ。会社という組織も同じだ。いかに自分に有利な力関係とポジションを獲得していくかが大事なのさ。世の中はグローバル化の波に押し流されて、会社は大きく変わろうとしている。誰もが会社という組織の中でそれぞれの思惑で変革を起こそうとしている。いいかい、我々は何としてもイニシアティブを握るんだ。正論を振りかざすだけじゃ、それはなしえない。それには力を持たねばならないのだよ。力とは志を同じくする者の結束力なのだ。いかに自分の野望への賛同者を増やし、協力体制を築いていくかさ。なぜわしが君をあの会社に紹介したのか、そのあたりをわかってもらわないと困るぞ。星君、いいかね。」

白井先生はそう言うと、急に脅しつけるような、するどい目つきで僕を見た。

僕は何のことやらよくはわからなかったが、うなずくしかなかった。僕が常にうなずいていれば、白井先生はにこやかに笑って優しい人でいてくれる。僕はそれがよくわかっていた。

「まあまあ、そう強張った顔をするな。大船に乗ったつもりでいればいいのさ。君のバックにはわしがついているのだからね。君は白井ゼミのゼミ生だ。それを誇りに思って堂々としていればいいのさ。ハッハッハ。」

白井先生は顎を上に傾けて笑っていた。その笑い声はまた遠ざかるように小さくなっていき、その姿も砂山が風にさらわれるように消えていった。

ふと気づくと、今度は、僕は左右にずらっとゲーム機の台が並んでいる通路にいた。両脇にはスーツ姿のサラリーマンや革ジャンを着た金髪の若者などが、僕に背を向けて椅子に座っていて、ゲーム機の画面に身を乗り出すようにして見入っている。様々な音楽やゲームの効果音などが入り混じって聞こえてきて、それ以外の音や声は何も聞こえない。目を上げると突き当りの赤い壁の左側が地上につながる階段になっていて、ちょうど誰かが下に降りてきた。白の下地に龍の絵柄の入ったジャンパーを着ている。胸の前は開いていて、真黒なTシャツを着ている。背が高く、がっしりした体つきをしていて、目の下に黒いクマができている。それでいて人の目をとらえて射るような鋭い目つきをしていた。彼がこちらを振り向いた瞬間、僕と彼は目が合ってしまった。正面からその顔を見ると、その目は飢え切っていて、貪ろうとするような、なりふりかまわぬ貪欲さを感じた。僕は思わず後ずさりした。

彼がそのままこちらに向かって歩いてきたので、僕は素知らぬふりを装って、彼に背を向け立ち去ろうとした。

「なあ、ちょっと待てよ。」

かすれてはいるが、力強くすごみのある声が背後に聞こえて、僕は思わず息が止まった。

「は、はあ。」

わずかに振りかえると、目の前にその男がいた。鋭い目が、瞬きもせずにこちらを見ている。僕の鼓動は高速でリズムを刻んでいた。

「なあ、ちょっとあんたと話したいことがあるんだ。ちょっとこっちに来いよ。」

その男はそう言うと僕の右ひじあたりをしっかり握ってひっぱった。

「あ、あ、あのごめんなさい。僕ちょっと急いでるので。」

僕はわなわな震えながら、やっとのことでそう言った。そのまま人目の無い所へ連れて行かれたら、とんでもないことになることは察しがついていた。

「いいから、こっちに来いってんだ。」

男はあたりを憚った小さな声であったけれど、声にすごみをつけて、僕の両腕を抱え込んだ。

「ちょっ、ちょっと待ってください。」

僕がそう言うと、男は拳で僕の脇腹あたりを強く打った。僕はその衝撃で息が止まった。体が硬直した。

「いいから、黙ってこっちに来いってんだ。このやろう。」

男はそのまま一気に階段の脇にあったトイレまで僕を引っ張っていって中に押し込んだ。中に入ると、その男は僕の胸倉をつかんで、トイレの壁に押し付けた。押し付けられた勢いで頭をひどくぶつけたが、その時の痛みなどどうでもいいくらいに、僕はその男の僕を見る大きな目に体の震えが止まらなかった。

男はハア、ハアと荒い息をしながらこう言った。

「痛い目に合いたくなかったら、有り金全部そっくり出しな。金目のもんも合わせてな。大人しく出すんだ。出さねえとその顔に傷をつけるぜ。」

男は急いている。目的を達したくてたまらない。目的を達せずにはいられないといった感じだ。何を望んでいるのかは知らないが、その男の充血した目は、何かに対して欲しい、欲しい、欲しいと切なく呻いているかのようだった。

僕は震えながら顔を左右に振った。

男の顔面が目の前にある。僕の間合いに入っている。僕の拳が十分届く位置にある。それは、はっきりわかった。僕は小学生の頃、空手を習っていたから、相手との間合いを測れたし、拳を繰り出すのもわけないはずだった。それがわかっているはずなのに、体が動かない。戦闘態勢に踏み込めない。

「おい、早く出せってんだ。大人しく金を出しゃあいいんだよ。」

男は舌打ちをすると、胸倉をつかんでいた左手で僕の首をつかんだ。僕は動けない。

男は震える手でジャンパーの右ポケットからナイフを取り出した。

僕のすぐ鼻の先に鋭い刃先がキラリと光った。

夢だ……。これは夢なんだ。ただの夢だ。覚めろ、早く覚めてくれ。僕は目をつぶって、両方のこめかみに手をあてがうと、顔を左右に激しくふった。めいっぱい口を大きく開けて、ああああと叫んだ。

すると深い海の底から浮かびあがるように、僕は夢から抜け出して目が覚めた。

目を覚ますと、先程と同じように宙が丸テーブルの向いに座っているようだった。僕の表情の変化を観察するように、ゆったりとした雰囲気でじっと僕を見ているようだった。しかし、宙の顔は遠く離れた湖の対岸の景色を見ているように見えて、目の前にあるものには見えなかった。僕は荒く小刻みに息をしていた。気が急いた。まるで誰かに追われているようだった。今にも、どこか見えないところから僕の方へ誰かの手が伸びてきて、首を締め付けられそうな気がした。僕は震える声であえいだ。

「ああ、ああ、うわあああああ。」

僕は体を硬直させながら、震える右手を宙の方へ差し伸べた。

「大丈夫。大丈夫よ。北人さん。私がここにいるわ。何も心配しないで。」

宙はそう言って、僕の右手を両手で強く握った。僕は2度瞬きをして、目の前にいる宙を見た。その時初めて宙が確かに自分の目の前にいることが認識できた。

「おかえりなさい。北人さん。」

しばらくしてから宙はそう言った。

「は、はい……。」

僕は大きく息をしながら返事をした。僕はさっき夢の中で僕の胸倉をつかんだ男がどこにもいないことを確かめるように、目をキョロキョロさせて、部屋の中を見渡した。すべては謎のような気がした。

「少し気持ちを落ち着けて下さい。今お茶を入れますから。」

宙はそう言って、握っていた手を離すと、テーブルの背後にあるカーテンを開けて中に入っていった。それからグラスに入れた麦茶を持ってきて、僕の前に差し出した。僕はそれを1口飲んで、大きく息を吐いた。

たった今見ていた夢を思い返すと、少しずつ霧が晴れるように、何かわかるような気がした。うつむきながら、夢で見ていたことを1つずつ、思い返していった。

「あの～……、夢で見ていたことなんですが、まず僕が4月に入社する予定の会社の会議室か何かにいて、僕はそこの社員の人たちと話をしました。何やら彼らは熱の入った様子で、僕を持ち上げるようなことを言って、僕の肩をたたいたりしてくれました。僕は、どうして僕をそんなに持ち上げてくれるのか、わけもわからぬまますうなずいてるだけでした。」

僕は何かに突き動かされるように語っていた。

「うん、うん、それでそれで。」

僕が話し出すと、宙は少し真剣な顔つきになった。

「次に夢に見たのは、僕の通う大学のゼミ室の中でのことです。僕をその会社に紹介してくれた白井先生と向かい合って椅子に座ってました。白井先生は自分に任せてくれれば、万事うまくいくようなことをおっしゃってました。僕はお礼を言わなければならないと思って、お礼を言いました。」

僕は息もつかないくらいの勢いで話し続けた。

「う~ん、そう。それで。」

宙は何事か思い巡らすようにして、目を細めながらそう言った。

「最後に見たのは、ゲームセンターで不良に絡まれる夢です。トイレに連れ込まれて、金銭を要求されて、ナイフで脅されました。僕はどうにもできないまま震えてるだけだったんですが、そこで目が覚めました。」

僕はそこまで一気に話すと、大きく息をついて宙を見つめたまま、宙の次の言葉を待った。宙は大きく息をついた。そして僕の目を見つめると、意を決したように話し出した。

「そうですか。よくわかりました。でも北人さん、あなたはその夢の中で、まるで違ったふうに振る舞う自分を想像できるかしら。つまり誰に対してであろうと、相手に合わせず、ひるまず、媚びずに自分自身でいられる自分を。」

僕はそう問われて首をかしげた。宙はいったいどうすればよかったと言いたいのだろうか？

「さあ、あんなふうにしか振る舞えないのが自分のような気がします。」

僕はとにかく正直に答えることにした。

「そう思ってしまったらそれまでのこと。何故あなたは自分の力量をそこまで低く見積もるのですか？もう少し自分を信じてみたらどうでしょう？私の鑑定結果からするとですね、あなたは固い殻の中に閉じこもっているようです。あなたは周りの期待と思惑と野心にがんじがらめになっているんじゃありませんか。」

僕はポカーンと口を大きく開けたまま、宙を見つめていた。そうしていてから僕は何とはなしに首を傾げてみたりして、返事をするのも忘れていた。

「ですが、これは結局のところ、あなた自身の問題なのですよ。自分をネズミのようなものだと思えば、あなたはネズミだし、ゴキブリのような害虫だと思えば、あなたはゴキブリのような害虫だし、自分は虎だと思えばあなたは虎なのです。私はあなたは虎になれると思いますけどね。何をコソコソ床を這いつくばるように、人の足元をウロチョロしているのです。あなたは虎なのです。そう思いなさい。我が物顔で堂々と人の前に出ていけばいいのです。」

宙は淡々と僕にそんなことを言う。僕は何が何だかわからなかった。

「はあ」

ゴキブリだとか、虎だとかこの人はいったい何を言っているのだろうと僕は思った。

「つまりですね。北人さん。あなたは鋭い牙と鋭い爪と荒野を疾駆する足を持っているということです。なのにあなたは自分は無力だと思い込んで、小さくうずくまって、鹿やシマウマを見て怯えているのですね。小鳥を見てさえ怯えているのです。」

「はあ……、はい。」

僕はうなずきながら、目線は宙の頭の上を漂っていた。

「わかりませんか?ではお聞きしましょう。北人さん、答えてみなさい。あなたはあなたの思うように生きていますか?あなたは今この世の中で生きていて何を感じますか?そして、この世の中であなたはどう生きていこうと思っているのですか?」

宙の目に映った僕の姿が見えそうなくらい、僕は宙に目を合わせた。僕はふと暗い気持ちになってうつむいた。

「わかりません。僕は何もわからないんです。やりたいことなんて何もありません。僕は空っぽなんですよ。宙さん。何もしたくないんです。時々誰にも会いたくありません。僕は最近、いい会社に就職が決まりました。ある人は僕を羨むし、ある人は称賛の言葉をかけてくれます。誰も、僕が今喜びでいっぱいになってると思ってるようですけど、僕はそんなこと、どうでもいいような気がして。僕は誰とも心で共有し合うものがないんです。誰とも何かに対して共感するということがないんです。でもだからと言って、僕が僕なりに特別の思いや信念や夢があるかというと、それもよくわからなくて、人にそういったことを聞かれても何も答えられないんです。」

泣き言でもよかった。体裁などどうでもよかった。自分の思いをあふれ出させるように、僕はすべてをさらけ出すつもりになっていた。恐る恐る顔を上げると、宙は優しく微笑みながら大きくうなずいていた。

「でも、この就職難の時代に、いい会社に入れたのはいいことですね。普通に考えれば、そうでしょう。今は正社員になることもできず低賃金で働いて、その日を何とかしのいでいるような生活をしている人も少なくないんですよ。そうは思いませんか？」

僕はそうですねとも言えなかった。ただ首を傾げた。

「そう思わなきゃいけないのでしょうか？きっとそうなのでしょうね。就職できること自体、感謝しなきゃいけないことなのでしょう。僕が不服を言うと、贅沢だってよく言われるんです。でもですね、宙さん……。」

僕は黙ってしまった。自分の思いを表現できる言葉を探していた。宙は僕の思いを察したように黙って僕の次に言う言葉を待っている。

「でも僕はこのままだと自分を殺して、毎日何となく仕事をすることになりそうです。うんざりした気分を抱えながら、ルーティンワークをこなしていくのでしょう。でも誰もがそうやって働いてるのは知ってますし、そこに社会の恩恵があることも知ってはいるつもりなんですが。でも……。僕は正直に言うと、失望感でいっぱいなんです。もうどうにもならないと諦めているんです。突破口なんてどこにも見つからないと……。本当を言うと、僕は何もかも嫌なんです。」

心の叫びに近かった。宙に解決策を求める気持ちよりも何もかも嫌なんだと叫びたい気持ちの方が優っていた。ところが不思議なことに、宙は僕のこんな話を聞きながら目を輝かせているのだった。

「でも、あなたはこうやって私のところに来て、自分の思いをそこまで正直に話してくれましたよね。諦めてなんかいませんよ、あなたは。あなたはあなたで心のうちに何かを秘めているのです。私はそれを確かに感じます。もうちょっと自分を信じなきゃ駄目ですよ。いいですか北人さん、私にはあなたが見えています。さあ、私の目をよく見ていてね。私がどうすればいいのか、お教えします。今から私の言うことを心に留めてね。」

僕は静かにうなずいて、全神経を集中して宙の目を見つめた。

「いいですか、北人さん。あなたは自分を肯定しなさい。自分の思うこと、自分のしたいと思うこと、自分のしようとすることに、すべてイエスと言いなさい。いい、北人さん、あなたのことを一番知っているのはあなたです。人がこうすべきだと言うこと、人がこうあるべきだということよりも、自分の思いと自分の意志をまず尊重しなさい。いいわね。」

僕はその言葉に目を見開いた。胸が急にドクドクと鼓動を打ち始めた。僕は宙の言葉を2、3度自分の中で繰り返して口にしてみた。

ほんの数秒間、間を空けてから
「はい、わかりました。」

僕は力強くそう答えていた。ふとある疑問が心に湧いた。

「でも、宙さん、さっきも言ったように僕は自分がやりたいと思うことがよく分からないんです。」

宙は一瞬、黙ったまま僕を見ていた。

「そうかしら。あなたはそう言いながらも、なんとなく自己分析はできているようなんですよね。あなたが夢で見たことは、あなたの現状を表しているのでしょう。違いますか?」

僕は夢の中の自分を、第三者的に眺めるように思い出した。

「ええ、確かにそうです。白井先生はいつも僕に期待をかけてきてくれますし、入社する予定の会社の人にも、温かい言葉をかけてもらったことがあります。」

宙は僕の言う言葉に苦笑いして言った。

「そう、それであなたはそれが大いに不満なんじゃありませんか?気に食わないことがあるんじゃありませんか?」

僕は宙の言う言葉に驚いて首を振った。

「そんな、とんでもない。有難いことだと思っています。」

宙はさっきと同じように苦笑いの顔を崩さずに、フフフと笑った。

「もしかしたら、北人さん、あなたは妙な思考パターンにはまり込んでしまっているかもしれませんね。あなたは優等生を演じるのに慣れすぎてしまっていませんか？それでいてそんな自分にもどこか違和感を感じてはいませんか？そのギャップがあなたの悩みではないかと私は思うのですが。そもそもあなたはその白井先生という方が好きなのでしょうか？尊敬しているのでしょうか？」

僕はそう言われると『尊敬』という言葉が僕の頭の中で、とらえどころのない言葉としてグルグル回った。言われてみれば、そんなことを考えたことはなかった。

「北人さん、あなたは白井先生に何かを勧められたり、何か指示されたりした時、それを受け入れるべきかどうか考えましたか？そもそもあなたにはそれを受け入れないという選択肢があったのでしょうか？」

僕は少しの間、いろいろ思い返してみた。それから答えた。

「いいえ、僕はただ、白井先生を信じて従ってきました。」

宙は何か得心がいったとでもいうように大きくうなずいてみせた。

「北人さん、あなたは一度立ち止まって、自分を振り返ってみる必要がありそうですよ。よく考えて頂きたいのは、あなたの人生は誰のものかということですよ。それをまず考えましょう。いいですか?それを考えて、まだ悩みが晴れないようであれば、またここに来て下さい。よろしいですか?」

僕は言葉もなく、うなずいた。考えるように言われて、僕は宙から少しつきはなされたような気がした。


占いの部屋から出て、街の中へ出ると日の暮れた街の喧騒に包まれた。向こうの通りからはバスや車のエンジンのうなる音が聞こえた。居酒屋の店員の呼びかけや、通り過ぎていく人々の話し声が入り混じって聞こえてくる。

僕は何だかバッテリー切れ寸前のロボットのように、体が重く感じた。

誰にも会いたくなかった。誰の顔も見たくなかった。誰とも話をしたくなかったし、特に僕の就職のこととか、僕の大学生活のこととか、僕に関わる話は誰の口からも聞きたくないと思った。他人の僕に対する批評とか評価とか、僕の印象とか、好意的かどうかに関係なくいっさい受け付けたくないと思った。

そのまま、駅へ入っていくのがためらわれて、僕は商店街を抜けると、駅ビルにある本屋に入っていった。店内は蛍光灯に煌々と照らし出されていた。レジをカタカタ打つ音だけが、少し離れた場所から聞こえてきた。規則正しく配列された本棚には、それぞれ本がぎっしり詰まっていた。小説の文庫本が並べられた本棚の前で僕は立ち止まった。文庫本の背表紙に記された本の題名を目で追っていた。カミュの本を見つけた。僕は大学に入学したばかりのころ、カミュの無神論に深く共鳴したことがあった。ある一時期、夢中になって読んだものだ。

『シーシュポスの神話　カミュ著』

僕は手を伸ばして、久々にこの本を手に取った。1ページ目から開いてみる。

〝真に重大な哲学上の問題は一つしかない。自殺ということだ。〟

冒頭から始まる不可解でありながらどこか刺激的なこの一文。さらに読み進めた。哲学者たるもの、人生が生きるに値するか否かに答えを出さねばならないと書かれている。自殺するということは、人生は生きるに値しないと告白するということだと、そんなようなことが書かれている。

人生は生きるに値するか否か……。

人生は生きるに値するか否か……。

僕はこの一文をあの頃のように噛みしめてみた。そして自分なりに考えてみた。

自殺は人生を放棄することだ。残りの人生を捨て去ることだ。それはつまり人生が生きるに値するほどの価値はないとみなすことだ。じゃあ、自殺しない僕は、自分の人生にどんな価値を見出しているのだろう……。

しかし、読み進めていくうちに、哲学的考察は複雑に難解になっていって、何を論じているのかすら、わからなくなってきた。僕は考えるのが億劫になって本を本棚に戻した。

現実を忘れて夢中になって読める本はないだろうかと思って、僕は本棚の間を巡っていった。背表紙の題名だけを追っていった。夢占いの本を手に取った。適当なところでページを開くと、警察に追われる夢は、罪悪感を抱えているからだと書かれていた。興味をひかなかった。僕は他のページを開くことなく、その本を戻した。

『シャーロックホームズの冒険　コナン・ドイル著』

シャーロックホームズシリーズの本を見つけた。僕は手に取った。シャーロックホームズシリーズの本は、僕が学生生活の間にすべて読破したものだった。しかしそれも、青い表紙の中に描かれたシャーロックホームズの影絵を見て、ほんの少し思い出にふける程度にしか役に立たないものだった。本は開かずに本棚に戻した。

何かが僕の興味をひくはずだった。そんな気がした。しかしそれが何なのかわからなかった。

　僕が僕でなくなればいいのにと僕は思った。今の僕が僕でなくなるにはどうしたらいいのだろうかと思った。列車がレールの上にがっちりはまって、同じ軌道を走り続けるように、僕は進むべき場所が方向づけられてしまっている。右に傾いても、左に傾いても、レールにがっちりはまった車輪は、たちまち軌道の中心でバランスを取り戻してしまう。宙がいくら僕の心を揺さぶろうと、きっと僕は僕であることをやめることはできない。

「あなたの人生は誰のものかということですよ。」

　僕は宙の言葉を思い出すと、急に自分の全人格を否定されたような気がして、「ちきしょう」と小さくつぶやくと、右の拳で右の腿を強く叩いた。そのままそこに立ち尽くしてしまった。

　どこか遠いところへ旅に出ようかな……。どこか遠くへ行きたい。ふとそう思った。

　僕はまた本棚の間を巡って行って、旅行ガイドが並んだ本棚の前に立った。アメリカ、カナダ、中国、タジキスタン、モロッコ、ブラジル。僕は端から並んだ旅行ガイドの背表紙に記された国名を辿っていった。文化も伝統も習慣も異なる国々が、同じ形式で作られた旅行ガイドに、同じような項目でもって記述されているであろうことを不自然に思った。

ただ、国によってページ数が違った。アメリカや中国などは他と比べて、やけに本がぶ厚かった。それより半分以上薄い本もあった。中国の隣にあるガイドブックはやけに薄かった。それはモンゴルのガイドブックだった。手に取ってみた。1ページ目から開いてみると、広大で真っ青な草原を背景にして、少年が馬に乗って疾駆している写真が目に入った。ページを繰っていくと、何十頭もの羊を引き連れて歩いていく遊牧民の男やモンゴル固有の丸く白いテントの前で、2人の幼い少年少女が朗らかに笑っている写真があった。

こちらもつられてにこやかに笑ってしまいそうな笑顔だった。

僕はさっきの文庫本が並んでいた本棚の方へ歩いて行った。モンゴル紀行という本を手に取った。その本の表紙は青い草原の写真だった。開いて1ページ目から読んでみた。騎馬民族であるモンゴル民族の成り立ちから書かれていた。そして3ページ目にこう書かれていたのが、僕の心をとらえた。

〝この民族は習俗、たとえば家屋、食物、牧畜の仕方なども、少なくとも13世紀の元帝国の頃から基本的に変わっていないであろう。〟

この一文が僕の想像を掻き立てた。思いもよらない世界が、想像もつかないような世界がそこに広がっているような気がした。13世紀の頃から習俗が変わっていないとなると、この国は全世界の近代文明への流れに乗らず、タイムスリップしたように数百年前と同じ世界を生きているということだろうか？

僕は日本から遠く離れた遊牧の国の生活を夢想したまま、読んでいたその本を手に持ってレジに向かった。

1冊の本を読み終わって、目を上げると、2人分の褐色の木製のテーブルが縦に3列、横に3列並んでいて、その向こうは窓で、窓の向こうには向かいにある灰色の駅舎の壁が見えていた。僕の視界には単行本を読みふけっている中年の女性と、ノートに何か書き物をしている大学生らしき男がいた。

宙と出会った翌日、僕は午前中から、昨夜買った本を自宅近くの喫茶店で読んでいた。アイスコーヒーの氷は融けきっていて、コーヒーはすっかり薄味になっていそうだった。頭上のスピーカーからはジャズが流れていた。

この世界とは違う世界がある。僕はモンゴルの草原の写真が表紙になっている『モンゴル紀行』という本を、両手で握りながらそう思った。

あらゆるものが機械化され、地上にも地下にも上空にも化学物質がまき散らされ、目に見えないところで、電気信号となった電波が空気中を飛び交っている世界。あらゆるものが科学の対象となり、検証され、分析された結果が真実となり、それが原理になって形作られたこの世界。

そういった原理とは違う原理で成り立つ世界がある。僕はそれを想像した。科学にも近代的な合理的思考にもよらないで形作られ、自然の中で営まれる世界。モンゴルとはそんな世界なのかもしれない。

この本によれば、モンゴルは都市を離れれば、広大な草原がどこまでも広がり、そこは人の手が加えられていない自然そのままの世界で、昔ながらの遊牧の生活を営まれているらしい。

日が暮れかけていた。窓の向こうの駅舎は弱い陽の光に照らされていた。僕は急いで本をショルダーにしまい込むと、急いで立ち上がった。

僕は電車に乗って昨日降りた駅で降りた。昨日と同じように商店街へと入っていった。そして、またあの占いの部屋のドアを開けて中に入ると、街の喧騒が聞こえなくなり、暖かい空気と瞑想的な音楽に包まれた。昨日と同じように別の世界に入ってきたような気がした。

宙は正面のテーブルの向こう側に、銅像のように座っていた。

僕が軽く会釈すると、宙はかすかに微笑んで僕の会釈に答えた。

「どうぞ、座ってください。北人さん。」

「失礼します。」

僕は軽く頭を下げて、宙の向かいの椅子に座った。

「ここに来たということは、1日よく考えて、自分と向き合えたということでしょうか？」

僕は上目遣いで宙を見たまま、2度うなずいた。

「僕は勇気がないようです。それだけはわかりました。」

「勇気……。何をする勇気ですか？北人さん。」

「わかりません。僕は勇気がないからこそ、わからないのです。考えること自体が怖いのです。」

宙は1度腰を起こして、座りなおした。そして両手をテーブルの上に置いて、背筋を伸ばした。

「では、頑張って考えてみましょうか。具体的に何が怖いのでしょうね。」

「それは……。それはきっと今手にしているものを失うことだと思います。」

「う〜ん。では、今手にしているものとは何なのでしょうか？」

宙はゆっくりとした感じではあったが、あまり間をおかずに質問を繰り返した。

「それは……。」

僕は言いかけて黙ってしまった。宙は僕の核心をつくまで問いを繰り返してくるような気がして僕はためらった。

宙は優しく微笑みながら次のように言った。

「北人さん、私は何を聞いても驚きませんし、あなたを責めたりもしません。心を開いて正直に話してくれませんか？」

「はい……。少し待ってください。」

僕は深呼吸をした。鼓動が早くなるのを感じた。

「失いたくないのは、僕の生活すべてです。」

僕は何だか逃げ出したくなってきた。緊張して首筋のあたりまで熱くなるのを感じた。

「失いたくない、あなたの生活とはなあに？」

僕はまた大きく深呼吸をして目をつぶってしまった。宙は僕が言葉にするのを待ってくれるような気がした。僕はさらに続けて5回も深呼吸をした。

「それは白井先生や、入社する会社の方々や、両親、そして大学の友人、そういった人々との間に築いた期待と信頼を失うことです。」

僕は一息にそこまで話すと、耳まで熱くなるのを感じた。

「それはいったいどういうことでしょうか？」

ここまで来ると僕にあるのは勢いだけだった。僕はうつむいたまま、一息に言った。

「宙さん、僕は白井先生が紹介してくれた会社なんかに入りたくないのです。それが正直な気持ちです。あの先生は僕に、入社したら会社の内情を探って、逐一報告するように命令までするのです。いったい何を企んでいるのか知りませんが、大学を卒業した後まで、あの男のいいなりになるなど、耐えられないことです。」

僕はそれだけ言うと、右の掌を口に押し当てたまま、ぶるぶると震えて動けなくなった。

「そうだったのですね。よくそこまで話をしてくれました。疲れたでしょう。」

宙まで声を震わせていた。宙はそう言って、僕の肩に手を置いた。僕は何も言わずに首を振った。

「しかし、今さら内定を辞退するのも難しいわね。今から新しい就職口を探しても見つかるものじゃないでしょう。まして今内定をもらっているような大企業などに就職できるようなものじゃありませんものね。」

　僕は顔を上げて、宙の顔をまじまじと見た。宙は首を傾げた。宙の顔が何かを示唆しているように思えた。すると、自分でも思いもよらない言葉が口から出てきた。

「そうです。そうですけど、僕はあの会社には入りません。」

　宙は口を強く結んだまま頷いた。

「その会社に入らないとすると、どうするのですか？」

「わかりません。」

　僕は何も考えていなかった。疲れていたのか、何も考えずにそう答えた。僕は今までのやりとりですっかり脱力していた。宙はゆっくりとした動作でうなずいた。

「北人さん、冬休みは長いのでしょう。今すぐ答えを出す必要はありません。年明けまでゆっくり考えて下さい。あなたにはじっくり考える時間が必要かもしれません。今日はお疲れさまでした。」

　僕はうなずくと、ゆっくりものうげに立ち上がった。

「今日はありがとうございました。それでは失礼します。」

僕は深く頭を下げて、宙に背を向けた。ところが一歩歩き出して立ち止まった。僕はあの旅行ガイドに乗っていたモンゴルの少年少女の笑顔を思い出した。そしてまた向き直ると、勢いよくまた椅子に座った。

「どうしたのですか?北人さん。」

宙が目を丸くして僕を見た。

「一寸先は闇です。いったい何が起きて、僕はそこでどうするのか?どうなるのか?わかりません。人生が1回きりならば、道を過って取り返しのつかないこともあるでしょう。でも僕は、それでも僕は、違う人生を生きてみたいです。」

僕は宙の顔を覗き込むようにして、目をそらさずにそう言った。思いついた時にそれを言うべきだと思った。それで決断すべきだと思った。時間をかけて考えれば、僕は決断できなくなると思った。

宙は僕が次に口にする言葉を待つように、じっと僕の目を見ていた。

「僕はモンゴルへ行こうと思います。僕は若いんです。すぐに就職しなくても、しばらくの間、モンゴルへ行っていてもいいでしょう?少し調べたんですが、モンゴルの物価は日本の10分の1にもならないようです。滞在費用も少なくてすみます。」

宙は何か深く感慨に耽っているように、遠いところを見るようにして頷いていた。

「さすがに、モンゴルへ行くと言うとは思いませんでした。あなたには冒険心があるようだとは思ってましたが。でも、どうしてモンゴルなんですか?」

「僕は昔、遠い過去へ行ってみたいと思ったことがあるんです。僕は原始的生活への憧れがあるんです。モンゴルの遊牧民は昔ながらの生活を続けているそうです。僕は、広大な草原だけが広がるところで、自然と共に生きるモンゴルの遊牧民に会ってみたいんですよ。」

宙は納得がいったように、何度も頷いて、目を輝かせて僕を見つめた。

「北人さん、それほど恐れることはありません。一寸先が闇のように思えても、あなたはやがて自分が多くの人に支えられていることに気づくでしょう。あなたは一人ぼっちではないのです。もちろん、就職を取り止めることは大きなリスクですけどね。モンゴルへ行くのでしたら、留学制度を利用して、1年間の語学留学という形で行ってみたらどうでしょう。入学は来年の9月になるはずです。」

僕は思わず宙の手を握った。

「わかりました。そうします。ありがとうございます。詳細はまたゆっくり調べます。それでは今日はこれで失礼します。晴れ晴れした気分です。宙さんのおかげです。」

僕はそう言って立ち上がった。

「いいえ、すべてあなた自身が考えて決めたことです。北人さん、あなたは本当は強い人なのですよ。あなたは自分で自分の道を切り開いていく力があるのです。誰に遠慮することもありません。私にはよくわかっています。自分を信じてみてもいいのですよ。」

僕はもう一度、深く頭を下げて重ねて宙にお礼を言った。

もはや僕に迷いはなかった。あれから十数日間、宙の前で就職を辞退する決意をしてから、悶々と悩んだ時間はほとんどなかった。まるでその選択肢しか自分にはないかのようにさえ思えてきた。そう思うと、あれ程僕の就職に骨折ってくれた白井先生も、何も共有し合うもののない、縁のない人になってしまったような気がした。

しかし、自分の下した決断に周囲の人が無関係であるはずはなかった。迷惑をかけることでもあるし、心配をかけることでもあるし、人の好意を裏切る行為でもある。

冬休みに入ってから、僕の両親に内定を辞退すると伝えると、両親は大いに驚きそして怪しみ、あれこれ僕が入社を辞退した理由を詮索し始めた。就職するということを僕が若さゆえに、甘く考えているのではないかとか、責任感が欠如しているのではないかとか、白井先生と喧嘩でもしたのではないかとか、或いはそもそも今回の話は、僕が最初から乗り気でなく、白井先生が僕の意志も確認することなく、話を進めてしまったからではないかとか、そんなふうに、あれこれ思い巡らして、折を見ては僕にその理由を問うた。初め、僕は取り合わずに曖昧な返答しかしなかった。しかし、両親はことここに至った経緯によっては、親としての責任もあると考えていたようだ。

僕は辞退することになった経緯を両親にちゃんと説明しなかった。正直に話そうとすれば、白井先生のことを悪く言わなければならないため、躊躇したのだ。

しかし僕は、年が明けてから、ようやく両親と面と向かって話をした。若いうちに世界を見ておきたいのだとか、違う文化に触れてみたいのだとか、一度日本を飛び出してみることで、もう一度自分の進む道を再考したいのだとか、両親が納得してくれそうな理由だけを話すと、両親も少し首を傾げながらも得心したようで、それもいいのかもしれないなどと最後には言ってくれた。

問題は世話になった白井先生に何と言えばいいかだった。僕は冬休みが明けたら、すぐにでも、白井先生のもとへ行かなければと思った。

休み明けのこの日、講堂の扉のすぐ前で白井先生を待った。大学には他に用はなかった。1時限目が終わると、講堂を出てきた白井先生の元へゆっくり歩いていった。白井先生は僕の姿に気づくと、むすっとしていた表情をたちまちに崩して、握手でも求めてきそうなぐらい親しみの情を示して、笑顔で僕に近づいてきた。僕はその笑顔に対して笑顔では応えずに口をキッと結んで、丁寧にお辞儀をした。そして新年の挨拶もそこそこに一息に留学するため、内定を辞退する旨を伝え、期待を裏切ることになったことへの詫びを述べた。白井先生は初め突然のことに目を丸くして僕の話を聞き、事態を把握すると、それからみるみる顔色を変えた。肩で息をしながら歯ぎしりして僕を睨んでいたが、しまいに大声でどなった。

「そんなわがままが許されるわけないだろう。」

講堂から出てきた十数人の学生がいっせいにこちらへ振り向いた。

「モンゴルへ行ってくるだとお、ふざけるんじゃない。わしがお前の就職のために、どれだけ苦労したと思ってるんだ。ここ数カ月にわたって、いろいろな手続きや交渉を経て、ようやく内定が決まって、胸をなでおろしてるところへ、モンゴルへ行きたいから辞退したいだとお。これほど人の好意を平然と踏みにじる奴はお前が初めてだ。」

白井先生が僕に対して怒りを露わにしたのは、これが初めてだった。僕はまさにこの時、先生の信頼を失ったのだと思った。迷惑をかけるのはわかっている。もう謝り倒すしかないと僕は思った。

「本当に申し訳ありません。先生のお力添えを無にしてしまい、お詫びの言葉もありません。」

僕は膝に顔をつけるくらい、深く頭を下げた。しかしそんなことで、沸騰した白井先生の怒りが少しでも鎮められることはなかった。下げていた顔を上げてみると、白井先生は床に目線を落としたまま、ギリギリ歯を食いしばっている。沸騰したやかんの口から、白い煙が出るように、はあ、はあと息をしている。時々、目を上げては僕を睨む。僕はその目線に僕に対する憎しみを感じ取っていた。しかし、白井先生は目を閉じると、何とか気を静めて、やっとのことで口を開いた。

「と、とにかく、昼休みにゼミ室の方へ来なさい。そこでもう一度話をしよう。わしは2時限目の講義へ行かなきゃならん。」

「わかりました。それではいったん、これで失礼します。」

僕はまた頭を下げると、さっさとその場を離れて、先生の目の届かないところへ急いで姿を消した。


昼休みのまでの1時間半、僕はこの時間を持て余した。この問題に関し、悩みも迷いもないはずだったが、白井先生の憎しみに満ちた目が僕の心を震わせていた。その憎しみを跳ね返してしまうこともできず、強風に煽られ、ゆすぶられ続ける柳のように気持ちが落ち着かない。食堂へ行っても、飯が喉を通りそうもない。

図書館に行って、とある詩集をパラパラめくって読んでみても文字を追っているだけで、何も頭に入ってこない。結局、図書館を出ると大学のキャンパス内を何の目的もなくひたすら歩き回った。ふと立ち止まって空を雲が流れていくさまを、しばらく眺めたりなどして時間をつぶしていた。

僕は白井先生に逆らったことなど一度もなかった。常に先生のおっしゃることにうなずき、指し示してくれる道をともに歩み、いつだって先生の味方であるような顔をしてきたのだ。そのために先生にとって一番かわいい学生であり続け、そして就職のお世話までしてもらった。それが一度ノーを言っただけで、すべてが壊れてしまったかのようだ。

あの目は僕に対する敵意の目だった。先生は守ってくれる存在から戦わねばならない存在に変わった。僕はこの事態をどう受け止め、どう対処していいかわからなかったのだと思う。そして、先生のところへ赴く時間になっても、どうしていいかわからず、僕は何の用意もなく、白井ゼミのゼミ室のドアを叩いた。

ドアを開けて中に入ると、白井先生はさっきとは打って変わった落ち着いた様子で、わざとらしく僕に微笑みかけてきた。僕は意外な気がした。

「やあ、今朝は急に入社を取りやめたいなどと言うから、本当に驚いたぞ。ハッハッハ。まあ、そこに座りなさい。」

「はい。」

僕は軽く会釈して先生の向かいの椅子に座った。

「入社を目前にして不安になったり、迷いが生じたりすることはあるものだ。あまり思いつめると突拍子もない行動に出たりする。それが若者というものだ。それをわしは星君の気持ちも考えずに怒鳴りつけたりして本当に申し訳なかった。長年、学生を指導してきた身で、まったく恥ずかしい限りだ。すまなかった星君。」

先生はそう言うと、僕の緊張を和らげようとするように、また微笑んで見せた。

「いいえ、そんなことありません。こちらこそ急にあんなことを申しまして、申しわけありませんでした。」

僕は先生に目を合わせたりそらしたりしながら、そう答えた。僕は先生が素直に自分の過ちを認められるほど謙虚ではないことを知っていた。

「いいかい、星君。会社に入社したからといって、自分のやりたいことを何もやれなくなるわけじゃないんだ。モンゴルへ行きたければ行けばいい。長期休暇を利用すればいいだけのことさ。異文化に触れようと思えば、社会人になってからだってできる。語学を学びたければ学べばいいさ。そうだろう？」

先生は優しく言い含めるようにそんなことを言った。

「ええ、確かにそうだと思います。」

「いいかい、星君。君はまだ社会人としての生活がどんなものか想像できていないだろう。何事もその場に飛び込んでみて、経験してみなきゃわからんものだ。わしは君がしっかり仕事をこなして出世していけると確信しているがね。そこら辺からすると星君自身よりもわしの方が君の将来が見えていると言えるかもしれん。なあ、星君。石の上にも3年というじゃないか。いや、3年とは言わん。とりあえずあの会社に入社して1年間がんばりなさい。1年やってみてどうしても自分と合わない仕事だと思えば、そこで考え直してみても、少しも遅くはないのだから。」

僕は小さくうなずきながら考えこむようにして、また目線を下に落としていた。

「これは君のことを思って言うのだがね、星君。ここで道を踏み外してはいかん。いいかい、人生、大きなチャンスは何度も巡ってくるものじゃない。君だって今がどれだけ就職難の時代か知っているだろう。1年も外国など行っていたら、帰ってきてからどこにも就職口などないかもしれないんだぞ。いいかい、わしのことを信じなさい。わしの言うことを聞いていて、悪いようにはさせない。あの会社に入社してくれるね、星君?」

ふと目を上げると、先生は微笑みかけるようにして、うなずいて見せている。

僕のことを思ってだって……。

先生の言葉も笑顔も僕には白々しく思えた。僕はこの白々しさに今までずっと付き合ってきたのだ。

僕はここで自分の発する一言が極めて重要であると意識した。僕がもしここでイエスと言えば先生との関係は元のように良好になるだろう。先生をあれほど怒らせた入社辞退の意向も、一時の気の迷いでしたと言えばすむことだ。しかし僕は宙の言った言葉を思い出していた。『自分を肯定しなさい。自分のしたいこと、自分のしようとすることにすべてイエスと言いなさい。』こう言った時の宙の声を今まさに聞く思いがしていた。

「先生……。僕は生半可な気持ちで内定を辞退したのではないのです。先生を裏切ることだと知っていながらも、それでもあえて決断したのです。僕は作られた道を行くよりも、道なき道を歩きたいのです。僕は就職はせずにモンゴルへ行きます。」

僕はつぶやくように静かにそう言っていた。

先生は目線を真横に移して、チッと舌打ちした。

「星君、もっと現実的に物を考えろ。現実がどんなに厳しいか知らないから、そんな甘えたことが言えるんだ。」

先生は、まだ何とか説得したい様子ではあった。

「そうかもしれません。自分のやろうとしてることに、自信なんかありません。でも、これもやってみなきゃわからないことです。甘い考えだったとして、そのせいで痛い目に遭うのも、いい経験になるのではないでしょうか?先生のご期待に添えなくて、申し訳ありません。」

先生は前のめりになっていた体を後ろに反らして、ハアとため息をついた。それから肘に顎を載せたりすぐに離したり、体ごと動かしてあっちを向いたり、こっちを向いたりしている。どうやら苛立ちが隠せないようだ。そして抑え込んでいた怒りが、とうとう噴き出して先生の声はそれまでの倍ぐらいの大きさになった。

「謝ってもらってどうなるって言うんだ。お前はバカだな。頭がいかれてんじゃないのか？よく恥ずかしげもなく、そんなことが言えるもんだ。わしは散々お前に振り回されて、ほんとバカを見たよ。勝手にするがいいさ。わしの有り難い忠告も何も聞かずにあきれたバカだ、お前は。モンゴルなんか行って何になるって言うんだ。バカバカしい。」

終わった。すべてはこれで終わったのだ。不思議にも見晴らしのいい草原に降り立ったように、僕は身が軽くなった。結局この先生は、自分の思った通りに僕が行動しなければ気がすまない人なのだ。人生の大事な決断をする際に、この先生に気兼ねすることこそバカバカしい。何故こんなにも簡単なことに今まで気づかずにいたのだろう。僕はもうブクブク太って豚のようになったこの先生に蔑んだ感情しか抱けなくなっていた。

「先生、ではこれで失礼します。」

僕は冷たくそう言い放つと立ち上がった。

「ふん、この恩知らずのバカ野郎が。お前の顔などもう見たくもない。さっさと出ていけ。」

先生は眉間に皺を寄せた醜い顔をしてそうどなると、回転式の肘掛け椅子を回転させて僕に背を向けた。僕はそう怒鳴られても何も返答せずに黙ってゼミ室を出ていった。

それから1週間して白井ゼミの大学生活最後の講義があった。ゼミ生は8人しかいない。行けば間近で先生と顔を合わせなければならなかった。僕は仮病で休んだ。白井ゼミで一番仲の良い天乃翔（あまのかける）に先生への伝言を頼んだ。その夜、天乃は僕の家の近くまでやってきて、僕らは午後7時に駅前のファミリーレストランで待ち合わせをした。

「なあ、星。本当にこれでよかったのか？」

天乃は、僕らがお互いドリンクバーから飲み物を持ってきて落ち着いたところで、あらたまった風にこう切り出した。天乃は事の一部始終をすべて知っているようだった。天乃は僕が精神的に沈んでいるのか、荒れているのか、僕の心境をつかみかねているといった様子で、僕の顔色を窺っていた。

「ああ、かえってせいせいしたよ。俺は白井先生に好意を持たれたり、期待されたりすればするほど、それが重荷に感じてしょうがなかったんだ。」

僕は天乃と比べると余程落ち着いていた。天乃の方が僕を前にして動揺している。

「可愛いさ余って憎さ百倍ってやつだな。白井先生、星のこと、裏切り者の常識知らずの自己中心的な男だって、ゼミ生の前で言ってたよ。冷血漢とも言ってたな。ゼミ生の何人かは気の毒そうに先生の話を聞いててさ。特に折田なんか先生と一緒になって腹を立てて、許せないなんて言ってたよ。」

僕が非難の的になっているのを天乃が心配してくれているのが、僕はよくわかる。

「ああ、知っているよ。折田の奴、夕方俺に電話をかけてきてさ。先生が俺のことをどれだけ気にかけてくれてるのかわからないのかってどなりやがった。自分がやったことがどんなことなのかわからないのかって、えらく怒気を含んだ声で言われたよ。俺に一言言わずにはおれないっていう感じでさ。」

僕はそんなこと何でもないことかのように、そう言った。

「それで星は何て言ったんだよ?」

天乃は僕の反応一つ一つを意外に感じているような顔をして、そう聞いた。

「思わずお前に何の関係があるんだよって言いたくなったけど、事を大きくしてもしょうがないって思って踏みとどまってさ、先生には申し訳ないけど、俺にもいろいろ事情があるんだって言っておいたさ。折田の奴、白井先生が斡旋してくれた就職口より、俺がもっといい就職口を見つけたんじゃないかとも考えていたみたいだけどもね。見当違いも甚だしいよな。違うと言っても、まだ疑っているようだったよ。いったい何なんだあいつは。」

僕は少し苛立たしげな口調でそう言った。

「折田にしてみたら、星がやったことは考えられないことなんだよ。余程他にうまい話がなければ、断るわけがないとでも思ったんだろうね。」

「ひねくれた奴だな。折田はさあ。」

僕がそう言うと、天乃は顔をしかめて、怪訝な顔つきをして僕を見た。

「そんな目で見るなよ。天乃。俺は確かに白井先生の言うように常識知らずで自己中心的な男なのかもしれない。だけどさ、俺は自分が守ろうとしているものが、何なのかわからなくなったんだ。人と人との和を乱したり、壊したりしないように、誰もが自分を律しているけど、それって絶対に守らなければならないほど大事なものなのかなって。俺は白井先生の思いも期待も踏みにじったさ。内定をもらっていた会社の人達にも多大な迷惑をかけただろう。すべては流れを作って、シナリオ通りに事が運ばれていた。それが俺の心変わり1つで崩れ去ったさ。しかしそのシナリオは何としても完成させねばならないほど尊いものなのか。俺にはそれがわからないんだ。」

天乃は今度は憐れむような目で僕を見て言った。

「なあ、でも星。誰だって1人じゃ生きていけないんだぜ。俺には星がやけになっているようにしか見えないけどな。何を思ったのか知らないけど、自分の考えにこだわり過ぎてる。そんなんじゃあ、誰も味方になっちゃくれないぜ。」

僕はそう言われると、自分がこの先どうなってしまうのか、全く見通しがつかないことに、今更ながら不安を覚えた。僕は疎外された人間なのだ。

「ああ、だけど天乃。少しむきになって意地を張っていなきゃあ、俺だってこんな決断を下せやしなかったよ。俺だってこの先のことを考えると不安なんだ。」

僕がそう言うと、天乃はよりいっそう憐れむような目をして、黙ったまま僕を見た。

僕も黙ったまま、視線を脇の窓ガラスの方へ移した。そこは駅前のロータリーになっていて、2台ほどのタクシーが止まっていた。周りの外灯がロータリーの中心に向かってオレンジ色の光を投げている。

僕は話題を変えようと思った。こんな話ばかりしていたら、気持ちが暗くなるばかりだ。

「ところで天乃。俺が行こうとしているモンゴルって、どんなところか知ってるかい？」

僕は努めて明るい声を出して、天乃にそう聞いた。

「さあ、モンゴルかあ。見当もつかないなあ。」

天乃はまださっき話していたことに心がとらわれているようだった。

「モンゴルってところはねえ……。」

僕はぐっと天乃の方へ身を乗り出した。語りだそうとすると、ふふふと思わず笑みがこぼれた。

「モンゴルはさあ、遊牧民の住む国なんだよ。たくさんの羊や馬を引き連れてさあ、大草原に暮らしているんだ。一つのところに定住せずに草原を移動しながら、移動式テントを張って、そこで生活してるのさ。俺はそんな生活にすごく憧れるんだ。」

天乃は僕の表情が明るくなったのを不思議そうに見ながら、こう言った。

「でもさあ、何でそこまでしてモンゴルへ行こうと思ったの？」

「俺はさあ、こんなに技術や産業が発展している豊かな国に暮らしているのに、どうして俺達が幸せじゃないのかを知りたいのさ。」

僕がそう言うと、天乃はほんの少し僕の話に興味を持ったようだった。

「モンゴルへ行けばそれがわかるのかい?」

「さあ、それはわからないね。だけどモンゴルの遊牧民はさあ、百年二百年前とほとんど変わらない生活をしているんだ。つまりさあ、近代以前の生活さ。そこにはただただどこまでも広い草原があって、道路もアスファルトもでっかいビルもネオンも何もないのさ。自然そのものがそこにはあるんだ。そして少しも汚染されていない空気を吸い、少しも街の光を受けない真っ青な空の下で、遊牧民は馬に乗って走り回ってるんだ。いったいこんな大自然の中で暮らしているモンゴルの遊牧民が何を考え、何に幸せを感じて生きているのか、俺は知りたいのさ。」

天乃は少し驚いたように、うなずきながら聞いていた。

「なるほどね。そこまでの思いがあって、モンゴルへ行きたいと思っているのならね。それじゃあ、白井先生がどう説得しようと無駄なわけだ。う~ん。」

天乃は僕のやろうとしていることを、肯定すべきか否定すべきか、どちらがいいかわからないといった風な顔をして黙っていた。

「でもさあ、天乃。俺はモンゴルへ行ったらどうなるんだろうなあ。すべてが空回りするのかもしれないしね。自分の部屋で膝を抱えて、いったい何をしたらいいのかわからず途方にくれるのかもしれないよ。語学の勉強に身が入るのかどうかもわからん。」

天乃が目を上げて僕を見た。

「何だよ。星。心配させるようなことを言うなよ。」

「大丈夫だよ、天乃。若いくせに心配性だなあ。俺が呑気なことばかり言ってたら、そっちのほうが心配だろ。大丈夫だよ。俺は一度くらい恐れを振り切って、賭けをしてみたいだけさ。やりたいと思ったことを、やらずに終わるのも嫌だろ。さあ、そろそろ帰ろうか。」

僕はそう言うとコートを着て帰り支度を始めた。何だか話をするのも疲れてきたのだ。

「ああ、ちょっと待って。でも星。ゼミのみんなことは心配すんな。俺が代わりに星の思いを伝えといてやるから。白井先生がぼろくそ言うから、けっこうみんな星のこと、悪く思ってるからさ。でも話せばわかってくれるさ。卒業式はちゃんと来いよ。」

天乃は言い残さないように意識してか、早口にそう言った。

「ああ。ありがとう。卒業式はちゃんと行くさ。こそこそしてるの嫌いだしね。」

「ああ、必ず来いよ。それじゃあ、行くか。」

天乃はそう言うと、急いでグラスに残っていたコーラを飲み干して立ち上がった。

月子の目の周りは銀粉を散らしたようにキラキラと光っていた。そういう化粧なのだろう。ショートカットの髪は薄く茶色に染めてあり、ベージュのスーツを着て僕の前に座っている。月子はもう大学生ではなく、社会人の顔をしていた。

メキシコ料理店の窓の外は、シトシトと雨が振り続けていた。この店の中も6月の梅雨らしい湿った空気に包まれている。月子は同じゼミに所属していた学生だった。同じゼミ生で僕を敬遠せずに付き合ってくれているのは天乃と月子だけだった。そしてSNS上での僕のつぶやきによくコメントしてくれているのは月子だった。僕はこの日、月子を食事に誘った。会うのは卒業以来だ。大学以外の場所で会うのも初めてだった。

「それでモンゴルへ留学してそれから、北人君は何になるつもりなの？」

月子がそう聞く。僕は牛肉を包んだタコスを、パリパリ音をさせながら食べて、それを飲み込むと月子の質問に答えた。

「さあ、全然わからないなあ。」

「あら、ずいぶんと呑気なのね。そんなんで大丈夫なのかな。社会人になると、本当に責任ってものをすごく感じる。私はまだ営業の付き添いしかしてないけど、自分に与えられた任務をしっかりこなしていかなきゃいけないっていうプレッシャーをすごく感じるの。本当なら北人君も同じプレッシャーを感じていたはずなのにね。」

僕はきっとうつろな目をしていたと思う。まぶたが重く感じる。実際僕は疲れ切っていた。そして僕は自分が疲れている理由がわからなかった。

「うん、そうだね。そうだったろうね。だけど俺はこれでいいんだ。とにかく俺はモンゴルへ行きたいんだ。自分がやりたいと思ったことをやるだけさ。」

「ふ〜ん。この先どうするかっていう具体的な展望もないのにね。」

そう言うことがかっこいい風に聞こえるとでも思ってるの？とでも言いたそうな口ぶりだった。あきれたような目で月子は僕を見ている。僕は月子の言葉に弁解めいたことを言おうとして、何も言えないことに気づいて黙ってしまった。

卒業して3カ月。僕にとってこの3カ月はまるで白紙の日記のようだった。毎日モンゴル語のテキストを開くと、何か他のことがしたくなった。誰かに会いたいような気もしたし、どこかへ出かけたいような気もしたし、寝たいような気もした。仕方なく、マンガでも読んで気分転換してから勉強しようとすると、マンガを読むだけで1日が終わった。いつまでたっても勉強しようという気がおきない。勉強中心の生活にしようとは思っていたが、週に4日ほどはバイトをした。引っ越しやら宅配やら警備員やらの日雇いのバイトをした。バイトのある日は、疲れて帰ってきてビールを飲むとすぐ眠ってしまった。

鬱屈した気分を一掃したかった。月子に会ったのもそのためだったが、僕は月子に会ったのを少し後悔し始めていた。月子は白井ゼミで僕に反感を持っているうちの1人なのだということに、今さら気づき始めていた。それでいて月子は突拍子もない行動に出た僕に興味を持ち、その子供じみた行動におせっかいを焼きたいと思ってるらしく思われる。

「要は現実逃避なんでしょう。モンゴルへ行きたいから行くだなんて、自分に酔っていたって、現実から逃げてるだけじゃないの?社会人になるのを、もう少し先延ばしにして、遊んでいたいだけなのよね、きっと。」

違うと僕は言いたかった。しかし僕はモンゴルへ行く決意をした理由をどう説明していいかわからなかった。

「それで月子は俺にどうしろと言うんだい?」

僕は月子の目をじっと見たまま、そう言った。

「う~ん。もうちょっと大人になってほしいかな。自分のやることが周囲にどう影響を与えるかを考えて欲しいいし、それに対して責任もとれるようになってほしい。」

僕は月子にこれほどまでに無責任な男だと思われてることにショックを受けた。考えてみれば、僕は白井先生に喧嘩を売るのも同然のことをしたわけだし、僕は白井先生を軽蔑しているが、月子にとっては白井先生は恩師なのだ。それなのにノコノコと月子に会うべきではなかった。僕は自分がどういう立場にいるかわかっていなかったのだ。

僕はいらだちを抑えて、残っていたビールを一気に飲み干すと、月子に遠慮していた煙草を口にくわえた。

「ねえちょっと、煙草吸わないでよ。私、煙草嫌いなんだから。」

僕はそう言われると、乱暴に煙草を煙草の箱に戻して、思い切って言った。

「なあ、月子。いったいお前は俺の何がわかるって言うんだ。」

「何甘えたこと言ってるの。馬鹿じゃない。そういうところが子供だって言ってるの。子供が子供であるのはいいけど、大人になりきれない大人って本当迷惑なのよね。自分勝手に振る舞っておいて、人に迷惑をかけて、あげくに誰も自分のことをわかってくれてないみたいなこと言うだなんて。ああ、恥ずかしい。」

僕は呆然と月子を眺めた。ここまで言いたい放題言われる自分は何なのだろうと思った。ともかく僕は早くここを立ち去るべきだった。月子にもう気兼ねする必要もない。

「なあ月子、それだけ言えばもう気がすんだだろう。俺は帰るぜ。」

僕は5千円札をテーブルの上に置いて立ちあがった。

「ちょっと待ってよ。もう帰るの？どうして？」

月子は驚いたように、腰を浮かして僕の腕をつかもうとした。

「ああ、帰るよ。当たり前だろ。」

僕は、そう言った時には月子に背を向けて歩きだしていた。背中で月子がまだ何か言っているのが聞こえたが、かまわず僕は早足で歩いていった。外に出ると、霧雨が降っていた。細かい細かい雨が頬を濡らしていく。僕は傘もささずにビル街の間を歩いていった。


「少しやつれたようね。北人さん。」

僕があの占いの部屋に入って、椅子に腰をおろしたところで、向かいに座っていた宙はそう言った。

正午近い街は、真夏の太陽光を浴びたアスファルトが、たまった熱気を放射して、あたりいったいにその熱気が充満していた。まるでトースターの中だ。クーラーのきいたこの部屋に入っても、僕の体は、体にたまった熱を吐き出し続けているようで、額を一筋の汗が流れていく。

　ここは薄暗く静かで、瞑想的な音楽が流れていて、涼しい。この部屋は秘密の隠れ家のようで心地よかった。それでも僕はうつむいていた。顔を上げるのさえ、億劫だった。重い頭をわずかに上げると、宙の首にかけられた三日月のネックレスが胸の少し上あたりに見えた。視界の端には宙の着ている紫色のワンピースが見えている。

　僕は抑揚のない力ない声で、宙に対して口を開いた。

「宙さん、明日モンゴルへ行きます。」

　僕は宙の前では自分を少しも飾らなかった。僕は何故だか泣きだしたいような気分でいた。僕はこの場で、涙が枯れるまで泣いてしまいたかった。

「そう。とうとう明日行くのね。北人さん、あなたは3月に大学を卒業してから、今日までの約半年間、時間を持て余していたようね。」

　宙は何もかも知っているような顔をして、落ち着いた声でそう言った。僕がここに来たのはあの日以来だというのに。僕はまた目を上げて、すべてをぶちまけるように話し出した。

「そうなんです。宙さん。ここ半年間、僕はモンゴル語をマスターするために猛勉強しようと決意していたのですが、全くはかどりませんでした。何をやっても無駄なことをしているような気がして、空しくなるのです。僕にとってこの半年間は空白でした。魂が抜かれたように、放心状態で半年間を過ごしたのです。モンゴル語の初歩の初歩さえ、マスター出来ていません。明日からモンゴルで生活するというのに。それに明日出発というのに、何の準備も出来ていません。いったいどうしてなんでしょう。」

僕がそう言うと、宙は優しく微笑みながらうなずいた。

「あなたにはまだ迷いがあるのですよ。」

僕は溜め息をつくように大きく息を吸って吐いた。

「宙さん、僕は本当にこれで良かったんでしょうか?僕の友達は皆、就職して新しい生活の中で懸命に働いています。皆、社会人として一人前になろうとしています。なのに僕は、将来の展望も持てないまま、無為に毎日を過ごしているだけです。それに僕がモンゴルへ行くと言っても、誰も祝福してくれないし、応援もしてくれないのです。」

宙はじっと僕を見ながら、話を聞いてくれている。

「あなたは今、学生ではありませんし、社会人でもありませんからね。社会の中で確固とした地位が与えられていないのが不安なのでしょう。よくわかります。でも、あなたはあなた自身が決めた道を歩もうと決意したのではなかったのですか?今更何を迷っているのでしょう。」

僕は息を呑んで、宙を見つめた。僕は何か言おうとして口をつぐんだ。

「北人さん、あなたって、人の群れの中にいる時は1人になりたくて、でも1人になると自分を押し殺してでも人の群れの中に入りたくなるのね。」

宙はいたずらっぽい目で僕を見ている。

僕は何も言えなかった。宙の言葉が痛かった。僕は目を強くつぶって、何かに耐えるように、ゆっくりうなずいた。言い訳はすまいと思った。宙の言う通りなのだ。

「楽しみな人ね。北人さん。人ってねえ、変われるのよ。あなたはきっとモンゴルへ行って、あなたの知らないあなたを発見するでしょう。まだあなたは私がこう言っても、ピンとこないかもしれませんけどね。でも、今はあなたはあなたの中でモヤモヤとしているものに素直になりなさい。私は変わっていくあなたが楽しみなのです。期待していますよ。」

僕はまじまじと宙を見た。こんな形で僕に期待を寄せる人は初めてだった。

「僕はその期待に応える自信がありません。僕は正直、柄にもないことを始めてしまったような気がしているんです。多くの人が今回のモンゴル行きを快く思ってくれなくて、僕はただそれだけで心が折れてしまったんです。」

僕がそう言うと、宙は急に何事かを決意したように、キッとした目で僕を見た。僕も口を強く結んで宙を見返して、そのまま僕らはお互いの顔を眺めていた。

次の瞬間、宙は両手で僕の頬に触って、自分のおでこを僕のおでこにくっつけた。宙の息が顔にかかってくる。頬に冷たい宙の手の感触を感じる。僕は自分の頬がカアっと熱くなるのを感じた。

「誰が何を言おうと、誰があなたのことをどう思おうと、関係ありません。自分の心の声に耳を背けては駄目なのです。いったい誰があなたの心のうちに秘めた情熱を知っているというのです。いったい誰があなたの苦悩を知っているというのです。人の思惑を気にするよりも、自分の気持ちに嘘をつくことを恐れなさい。いい?北人さん。誰に何を言われたからと言うのではなく、自分でモンゴルへ留学せずに就職すべきだと思えば、今からでもそうすればいいのです。私は別に反対はしません。」

そこまで言って宙は僕の頬から手を離した。僕は心が震えた。とにかく前に歩み出したいと思う気持ちがエネルギーとして全身から少しずつみなぎって来るような気がした。僕は体内の熱を放射するように、大きく息を吐いた。目をつぶった。僕はモンゴルの草原に降り立つ自分を思い描いていた。

「もう迷いはありません。僕はモンゴルで何かを得て帰ってきます。」

僕が落ち着いた声でそう言うと、宙はうなずいた。

「まだ出発の準備ができていないと言いましたね。今からすぐ準備なさい。忘れ物をしたからといって、モンゴルから取りに帰ることは出来ませんよ。モンゴルで必要なもののリストを書いて、今のうちに買うべきものは、買っておきなさい。さあ、いつまでもダラダラ話をしている暇はありませんよ。さあ、そろそろ行きなさい。」

僕はそう言われると、すぐさま立ちあがった。

「ありがとうございます。宙さん、それでは行ってきます。」

僕は宙の目をしっかり見て、はきはきした声で、そう言った。

「頑張ってね。北人さん。あなたは強くて勇敢な人よ。それを忘れないで。あなたは自分を信じて進んでいけばいいのです。」

宙は優しくそう言うと、ニコッと微笑んだ。

「はい、精一杯がんばります。」

僕はそう言うと、一礼して、急いで部屋を出て行った。

二

　ぎっしり中身のつまった旅行バックを右手に持ち、その右手を右肩にかけて、僕は空港の出口を出た。外に出た瞬間、あちこちで車のエンジンの唸る音が聞こえてきた。誰かを呼ぶ声や、忙しげに何やら言い合う声や、笑い合う声も交って聞こえる。目の前の道路は右から左へ旅行者を乗せる黄色いタクシーがずらっと並んでいる。誰も彼もが大きな荷物を引きずって、自分の乗るタクシーをつかまえようとしている。

「さあ、星さん、行きましょう。こちらです。」

　空港に迎えに来ていた、現地のモンゴル人スタッフが僕に声をかけた。日本で留学を斡旋してくれた業者のスタッフだ。陽に焼けてひび割れたような皺のある中年の男だった。名前をボルドと言った。

「すいません、ちょっと待ってください。ボルドさん。」

　僕が振り向きもせずにそう言うと、ボルドは異国の地に足を踏み入れた瞬間の僕の感慨を思いやるように、黙って僕の横顔を見ていた。

　僕は大きく伸びをし、大きく息を吸い込んで吐いた。目の前の道路の向こうは、大きな建物もなく、見通しが良かった。はるか遠くに小高い丘が見える。

空が青かった。青すぎるくらい青く透き通った空に目が釘付けになる。

ここがモンゴルか……。

僕の耳元を風が吹き抜けていく。僕は笑った。自分の中に滞って、固まっていた何かが溶け出して放出され、空に昇って消えていくようだ。空がこんなにも濃い青をしていたとは。はるか遠くにある小高い丘が、あまりに鮮明に見渡せる。僕は誰にも気兼ねすることなく、込み上げてくる笑いを笑った。僕はそのまましばらく青すぎる青空と、透明な大気に浮かぶ鮮明すぎる景色を眺めていた。

住まいになる外国人学生寮には、ボルドが空港から車で送迎してくれることになっていた。外国人学生寮はウランバートルの中心部にある。

僕らが乗った車は空港を離れると、草原の間に敷かれた道路をまっすぐに進んだ。

とうとう、とうとう来たのだ。来てしまったのだ。そう思って僕は気分が高揚してきた。よく見知ったところで、気心の知れた人との間で、まどろんでいられる場所は、この国ではどこにもない。僕はじっと窓の外を眺めていた。窓の向こうの草原では数頭の牛が草を食んでいる。

やがて道路は街に入って、建物の立ち並ぶ一角へと入っていく。歩道を歩く人々を眺める。この国で日常を過ごす人々。着ている服は、僕ら日本人と変わらない洋服だが、時折民族衣装を着た爺さんや婆さんを見かけた。やがて車は、ベランダが整然と縦と横に並んだ4階建ての四角い白い建物の前で止まった。

「北人さん、ここが外国人学生寮です。ここがあなたの住まいですよ。」

ボルドは僕の胸に駆け巡る様々な感慨を覗き見ようとするように、笑顔で僕に笑いかけてそう言った。

コンクリート造の学生寮のエントランスは白い壁で囲まれていた。床には薄汚れた赤いカーペットが敷かれている。左手の壁には公衆電話。右手奥は食堂の入り口だった。中に入るとフロントにいた小太りのおばさんが笑顔で迎えてくれた。その笑顔は建前でも、事務的なものでもなく親しみの情を表した自然な笑顔で、その笑顔を見た瞬間、僕の中に安堵感が拡がった。ボルドとそのおばさんが入居に際しての手続きで、何やらやり取りしている。活発にやり取りされるモンゴル語の会話は何一つわからない。

手続きが終わると、そのおばさんに連れられて寮内を案内された。ボルドもついてくる。4階建ての寮は、3階と4階だけが改築されていて、白い壁はペンキが塗りたてだったし、廊下の赤いカーペットも新しいものだった。1階と2階は、はたけば埃が舞いそうなほど廊下は壁も床のカーペットも薄汚れていた。後で知ったことだが、1、2階は主に旧ソ連系の学生で、ウクライナ、カザフスタン、ハンガリー、ロシアなどの学生が住んでおり、3階と4階は日本人、中国人、韓国人が住んでいた。これも後で知ったことだが、家賃は3、4階の方が何倍も高かった。

僕の部屋は4階の一番奥の部屋だった。家賃はひと月5万トゥグルグ（約5千円）ほどだ。鍵を手渡されると、おばさんとボルドは帰っていった。ドアを開けてすぐ左手がトイレ、その先にまたドアがあって開けると、6畳くらいの広さの部屋だ。改築したてだからだろう、ペンキの匂いがする。床は青のラグカーペットになっている。左手壁際に木製のベッド、右手壁際には木製の学習机、正面はベランダになっていてカーテンはない。シャワールームとキッチンは寮内の別の場所にあって、共同で使うものらしい。

僕は荷物を床に置くと、大の字になって寝っ転がった。誰もいない。ここは母国から遠く離れた異国の地。誰も僕を見てやしない。思わず、ああという吐息を漏らした。寝っ転がったまま、頭を傾けると青い空が見える。僕にとってこの空やこの部屋の白い壁や床に敷かれたラグカーペットは何を象徴しているというのだろう。ここにある何もかもが、僕にとって異質の世界のものだった。鼻歌を歌ったり、スキップでもしたいような浮き浮きした気分が湧き上がってくる。

不思議だった。1人でいることの心細さよりも、愉快な気分の方がはるかに優るとは。僕はその気分をじっくり味わうように、しばらく大の字になっていた。

国立大学のモンゴル語科への入学は明後日の9月1日だ。それまでは何の予定もない。僕はふとした拍子にむくっと起き上がった。喉が渇いている。おなかも少しすいている。まだ午後3時半だった。僕は暗くなる前に出かける必要を感じた。何しろこの部屋には何もない。

寮の玄関を開けて外に出ると、道路を挟んで向かいにラマ寺がある。囲まれた白い壁の向こうにどぎついほど濃い黄色のラマ寺の屋根が見えた。行くあてなどない。とにかく食事が出来る場所に行こうとした。僕は寮の場所を見失わないよう注意しながら、大通りに出てひたすら歩いた。遊牧民の国といっても、ここは首都のウランバートルだ。大通りは車やバスが行き交い、歩道で多くの人とすれ違う。普通にジーパンやTシャツやポロシャツを着た、僕ら日本人と変わらない格好をした人達。皆、モンゴル語で会話している。誰一人として僕を物珍しそうに見るものはいない。モンゴル人だと思われてるのかもしれない。一度交差点で周りを見渡していると、中年の男性に声をかけられた。様子から察すると、僕に道を聞いているようだったが、言葉がわからない。僕は顔の前で手を振った。その男はキョトンとした顔で僕を見ていた。

スフバートル広場という巨大な広場に出た。4百メートルトラックが軽く入るくらいの大きさの広場だ。ちょうど真ん中にスフバートルの像がある。それ以外は地面にコンクリートが敷かれているだけで何もない。中心から見渡してみると、国会議事堂、オペラ劇場、中央郵便局などの大きな建物に囲まれている。ぶっとい柱とぶっとい梁で支えられていそうな大柄な建物ばかりだ。

僕は寮から30分ほども歩いて、ようやく大通りに面したドイツ料理のレストランに入った。店の前がテラスになっていて、木製のテーブルが並んでいる。僕はそこの一つのテーブルに腰を落ち着けた。

「ウーニーグ　アウィー。（これを下さい）。」「ウーニーグ　アウィー。」

僕は英語でも追記されているメニューを指さして、注文した。若いウエイトレスは僕の下手なモンゴル語に無愛想にうなずいて、さっさと引き下がった。ビール、フライドポテト、フライドチキン、ポテトサラダ。これでとりあえず腹ごしらえだ。

夕方5時に近かったが、相変わらず日差しが強い。不思議と汗をかかない。渇いた喉にビールを流し込んだ。僕は少し顔をしかめる。ドイツのビールは苦かった。

目の前の通りを人々が行き交う姿を、ただじっと眺めて食事をした。手をつないだ母子が通り過ぎる。若いカップルが通り過ぎる。スーツ姿の中年男が通り過ぎる。僕はただ彼らの横顔を眺めている。そして時々、真っ青な空を眺める。

ここには何もない。僕は今日いつ寮に帰ってもいい。帰っても誰もいない。話をする人もいない。誰も僕に何も期待しない。何も強制しない。何も望まない。好きなことをすればいい。好きなように振る舞えばいい。誰も何も言いやしない。これは自由……?

僕は空を見ながら、いろんな人を思い浮かべていた。白井先生、折田、天乃、月子、父、母、そして宙。彼らが笑っていた顔、怒っていた顔を思い出していた。でもそれは遠くに感じた。遠く遠く遥か遠くに感じた。きっと彼らも、今はそれぞれの日常を生きているのだろう。僕は不思議で不思議でしょうがなかった。何をするにも億劫に感じていた重苦しい感情が自分の中にないのだ。これは自由……?

僕はポテトをほおばり、フライドチキンにかぶりつき、それをムシャムシャ食べながら、ジョッキを傾けて、ビールを飲んだ。でも酔っぱらうまでは飲む気はしない。僕は財布もパスポートも、ポケットのついた腹巻状のポシェットに入れて、胸に巻いてTシャツの下に隠していた。自分の周りに見えるものには、気を配っていたし、ここまで歩いて来る時も、一歩一歩足を踏みしめて歩いた。特に肩が触れ合うくらいの距離ですれ違う人には、注意を払った。決して浮かれて、呑気でいたわけではない。それでいて、足を組み右腕を椅子の背もたれにかけると、口笛でも吹きたいような気分だ。

僕はくつろいた気分を感じて、それをあえてじっくり味わいながら、考えていた。

僕はいったい何を恐れて、何に腹を立てて、何に嫌気がして、何を憎んでいたんだろう。僕は何から解放されたんだろう。解放……?これは自由?完全な自由?

僕は台本を読んでいたのかもしれない。台本通りに演じていたのかもしれない。じゃあ、あてがわれた役でない、演じた自分ではない自分は何なのだろう?社会の中で、何らかの役を命じられない自分などいるのだろうか?

それから僕は、これからの留学生活を考えた。僕は1人でいて、会いたい人がいないわけではなかった。いや、よくよく考えれば、憎しみを抱いている人にさえ、会いたい気持ちが少なからずあるような気がした。でも、僕は留学を終えて1年後に彼らに会うのを楽しみにした。この1年の間に自分は変わろうと決意して、その変わった自分で彼らに会うのを楽しみにした。

通りからも店内からも、人の話し声は聞こえる。まったく何を話しているのかわからない。僕がこれからの生活に不安を感じるとしたら、それは第一に言葉の壁かもしれない。モンゴル語を勉強しよう。ガンガン勉強しよう。そしてモンゴルの生活に溶け込もう。日本人の知らないモンゴル人の心を知ろう。僕は強くそう思った。

様々な思いが僕の中を駆け巡った。それを一つ一つ噛みしめてから僕は、テーブルを離れた。午後6時半。この時間になっても日はまだまだ高かった。


目が覚めると、僕の部屋は眩しいほどの陽光に満ちていた。とっくに朝はやってきていたのだ。窓からもろに光が射し込んでくる。窓は大きくてベランダ側は上半分がガラス張りだ。カーテンがないのも悪くなかった。床にはベッドと学習机以外は何もない。僕は滑り落ちるようにベッドから降りて、ラグカーペットの上に胡坐をかいた。窓の外は真っ青な青空だけが見えた。体の正面を窓の方に向けていると、ストーブに顔を近づけた時のように、陽光がかすかにほんのかすかに僕の肌を焼く。

何もしなくていいのかもしれない。こうしてのんびり青空や澄んだ大気の先に見える丘を眺めていればいいのかもしれない。これから1年間、モンゴルにいる間に、別に焦って何かをしなくてもいいのかもしれない。僕はふとそんなふうに思った。こうして穏やかに過ごせる時間がとても貴重なものに思えたのだ。

空腹を感じると、ふとこの部屋には何も口にするものがないということに気づく。冷蔵庫も炊飯器もポットも何もない。コーヒーさえ飲めない。

僕は起き上がると、ジーパンを履き、ランニングシャツを着た。腹巻状のポシェットに20万トゥグルグ（約2万円）とパスポートを入れると、それをランニングシャツの上に肩から斜めにかけて、その上にTシャツを着た。

僕は、ここでの生活にとりあえず必要なものを買ってくることにした。

大きく深呼吸してから部屋のドアを開ける。廊下には誰もいない。廊下の右端にはずらりと各部屋のドアが並んでいる。廊下は静かだった。僕は突き当りまで歩いていって、階段を降りた。2階の踊り場に彫の深く浅黒い肌をした男が2人いた。どこの国の人かはわからない。廊下を降りてくる僕は彼らを見下ろす形になった。彼らは無表情に僕を眺めている。

「サイン　バイノー（こんにちは）。」

彼らの脇を通りすぎる寸前、僕がそう言うと、彼らは石像のように表情を少しも動かさずに、小声で挨拶を返した。

「サィン　サィン　バィノー。」

それでいて彼らは注意深く僕を見ている。僕もあえて表情を動かさずに、何も意に介さない風を装って、そのまま通り過ぎた。彼らがそれ以上、僕に話しかけてこなくて、僕は少しほっとした。それでもエントランスに降りるまでは、背中に彼らの存在を感じていた。

エントランスの前に昨日と同じように小太りのおばさんが座っていた。

「サィン　バィノー。」

僕がそう挨拶すると、おばさんはぱっとこちらに振り向いて、ニコッと微笑んで、

「サィン　サィン　バィノー。」

と挨拶した。その笑顔は街中の待ち合わせ場所で、会いたい人に会った時に見せるような笑顔だった。まるで僕の形だけの挨拶の殻を突き破って、僕の心に触れようとしているようだった。僕はそれに何とか応えるように、その笑顔につられるように、笑顔を返した。

外に出ると、強い日差しを全身に浴びた。ラマ寺の前を数人の若い男達が大きな声でしゃべりながら通り過ぎていく。僕はショッピングセンターを目指して歩いた。

僕は1人だった。共に日常を過ごしてきた人々の目も声も届かないところにいるのを感じた。大通りでマイクロバスの客引きをしている男がいる。スーツ姿にシルクハットをかぶった男の革靴をしゃがんで磨いている幼い子供がいる。民族衣装デールを着た腰の曲がった老婆が歩いている。全く自分になじみの無い光景ばかりだ。

僕は異邦人。水の中に落ちて、少しも解けない水銀のようだ。

道路にはタクシーが止まっていた。バス停にバスが止まり、並んだ人が乗り込んでいく。僕はただひたすら歩いた。僕はこの国では言葉を知らない。文字も読めない。僕は歩ける範囲で、歩いていこうとしていた。

強い日差しが、あの青い空が、このでこぼこした道が、目に見えるものすべてが、車やバスの音が、人々の話し声が、この街のあらゆるものが僕を強く刺激する。僕を身構えさせる。ここには何の保証もなかった。これからの生活にあたって、僕には何の保証もされていないように思えた。あらゆるものが未知で、約束されたものは何もないように思えた。向こうから歩いていく人々とはただすれ違っていく。本当なら一生顔を合わせるはずもなかった人達と、すれ違っているのだ。

住宅街を抜けて、見通しの良い場所へ出た。前方数十メートル先を小さな川が横切って流れていて、その川にかけられた橋の先の右側にえんじ色の大きなビルが建っている。それはこの都市でもっとも高級でもっとも大きいホテルだった。そのホテルの1階にショッピングセンターがある。

ガラス張りの自動ドアが開いて、僕はショッピングセンターへ入る。明るく広い店内と清掃の行き届いた真っ白なフローリング。食品売場、電化製品の売場、紳士服や婦人服の売場、ファーストフード店などがある。ここは日本のショッピングセンターと大きく変わらない。

僕はファーストフード店でミックスピザを食べコーラを飲んで腹ごしらえすると、湯沸かしポット、炊飯器、インスタントコーヒー、米1キログラム、袋詰めしたキムチ、ミネラルウォーターなどをショッピング用のかごに入れて、レジに持っていった。レジで4万トゥグルグを差し出す。若い女性の店員はそれを無造作に受け取って、お釣りを返す。

欲しい商品をレジに持っていって、金を払う。そして取引成立。これはお互いが認知している簡単なルールに基づいた共同作業だ。僕はこの女性の店員とお互いが認知している共通のルールに従って、1つの共同作業をすませたことを妙にうれしく思った。

その日の午後3時ごろ、僕は買ったものを家に置いてきてから、大学へ行った。大学の構内は廊下を奥に入って行くと、両側に木の扉が等間隔に並んでいて、それが長く続いていた。木の扉の向こうは教室なのだろう。天井は高く、そして外から入ってくる陽光が不十分なのか少し暗かった。

受付で案内された通りに大学構内を歩いて、3階の廊下の奥にある学長のいる扉を深呼吸してからノックした。

「バィン（いますよ）。」

女性の声が聞こえた。扉をゆっくり開けると、部屋の中は窓から差し込む光で明るかった。真向いの大きなデスクの後ろに座っていた女性が立ち上がって、ニコニコしながら、ネイティブ並の洗練された発音で「ハロー」と言った。そして僕のいるすぐ前まで歩いてきた。胸元の赤のダイアの入ったネックレス、綺麗にとかされた長い髪。中年の女性だったが、身なりはとてもあか抜けていて、知的な女性である印象を受けた。まるで、両手を拡げて相手を丸ごと受け入れようとするような、そんな温かい笑顔に僕は緊張感がやわらいだ。

「僕は星北人と申します。日本から参りました。」

僕は、拙い英語でそう言うと、手にしていた入学手続きの書類を手渡した。

その女性は受け取った書類を左手に持ち替えると、「ナイス　トゥ　ミー　チュー」と言って右手で握手を求めてきた。手を握ると、その女性はよりいっそう頬をぐっと上に上げて、目を細くして満面の笑顔になった。

僕は手渡された書類にサインをした。それから学長であるその女性は明日9時にこの大学構内の指定の場所に来るように僕に言った。学長とのやりとりは5分で終わった。

それでも大学を出て、まぶしい太陽の光を浴びながら街を歩いている間、学長の笑顔が何度も頭に浮かんできた。

それから僕はまた、あのショッピングセンターまで30分ほどかけて歩いた。川のそばまでくると、見通しがいいから青い空がより広く見える。僕は橋の脇から、河原に降りて、ごつごつした石の上に腰をおろした。歩いて渡れそうなくらいの浅瀬の川が、チョロチョロと音をさせて流れている。時々橋の上を車が通り過ぎていく音が聞こえる。

僕は煙草に火をつけて、空を見上げた。よくよく考えてみれば、僕はやはり月子の言う通り、自分の日常から逃げ出してきたのかもしれない。そんなふうに思えてきた。何もかも捨てるようにして一目散に逃げ出した。そしてこんな誰も知る人もいない、こんな遠い所へ来てしまった。やらねばならないことがないせいか、というよりやらねばならないことが与えられないせいか、時間が流れるのがやけに遅く感じる。

河原におりて煙草を吸っているのだって、今日一日の残された時間をどうつぶしていいか、わからないからだった。

僕は確かに一つの歯車から外れてきたのだろうと思う。期待され、求められ、強制される任務や人としての振る舞い、人と人とが何らかの了解事項を共有しながら、協調していく世界から外れてきたような気がする。やはり逃げ出したと言ったほうが、正確だろう。逆らわずに、戦わずに逃げ出してきたのだろう。

逃げ出したと言えば、情けないようにも聞こえるが、これは一つの賭けだった。これから自分の人生がうまくいくかどうかは、運によるしかないように思えた。まるで孤島に流れ着いた人が何の当てもなく、いつか自分を乗せてくれる船がやってくるのを待っているような気分だ。船は来るかもしれないし、来ないかもしれない。そう、いったいこのモンゴルという国で自分が何を感じ、何を学んでいけるのかは自分でもわからないのだ。

僕は煙草を2本吸い終えたところで立ち上がった。

僕はショッピングセンターへ行くと、CDプレイヤーとビートルズのCD1枚とグラスや皿などの食器類、パン、バター、牛乳、缶ビール数本を買って家に帰った。学生寮に着いた時、時刻はまだ午後6時だった。

僕は早速、炊飯器でご飯を炊いた。炊く前に炊飯器に入れた米の中から、米と混じった小石をいくつも取り出さねばならなかった。ご飯が炊けると、僕は茶碗の上に山盛りよそって、その上にキムチをのせて腹いっぱい食べた。それから床に足を伸ばし、ベッドに背をもたれて缶ビールを飲んだ。飲みながら買ったばかりのＣＤプレイヤーでビートルズを聞いた。左手にビートルズの歌詞カード、右手に缶ビールを握っていた。

缶ビールを2本飲み終わっても、まだ午後8時だった。窓から見える空はまだ明るい。青い空の上に白い月が浮かんでいる。時計を見るたびに何故こんなにもゆっくり時間が流れるのか、不思議に思う。

僕は暇つぶしに旅行用バックから英和辞典を取り出した。ビートルズの歌詞を眺めながら、知らない単語の意味を調べていった。一通り歌の意味を理解すると、ＣＤプレイヤーの再生ボタンを押して、その歌を聞いた。

ビートルズの歌は、若者の感傷をストレートに素直に表現した歌ばかりだった。心のどこかに抱きながら、それを表に出すには何らかの理由で憚られるような思い。それは自分のイメージを守るためなのか、他者の非難を避けるためなのか、誰かに求めて受け入れられず傷つくことを恐れるためなのか、そんな風な理由で僕が表に出せないような思いを、表現した歌ばかりだった。

「Come on, come on. Please please me oh yeah（ねえ、ねえ、僕を喜ばせておくれよ）」

僕は今夜のうちにビートルズの歌で好きなフレーズがいくつも出来た。3曲ほど英訳して、何度かその歌を聞いた頃には、もう9時半になっていた。

さっきの白い月が、夜の暗闇に丸い光となって浮かんでいた。

歌詞カードを机の上に置いてしまうと、僕は何だかこの部屋が窮屈に思えてきた。部屋には静寂が充満していた。この部屋を一歩出れば、他の人々は家族であったり、友人であったり、恋人同士であったり、それぞれの人と人との輪の中で、互いを認めあっているのだろうと思うと、僕もどこかの人の輪に加わりたくなってきた。

僕はゆっくり立ち上がると、ベランダの扉を開けて、ベランダに出てみた。トレーナーの上にジャージを着てはいたが、夜気に触れると身震いした。モンゴルは季節は夏でも、夜になると冬のようだ。ベランダにいる僕を風が吹き抜けていく。星々が煌めいている。どこかのバーかディスコでダンスミュージックが流れていて、その音がここまで流れてくる。姿は見えないが、この周辺のどこかで若者たちが笑い合ってるのが聞こえる。目の前のラマ寺の中は真っ暗だった。

僕は夜空を見上げていると、あの月や星へ向かって飛び立つように、広い所へ出て行きたいと思った。まだ2時間くらいは寝たくない気分だった。

僕は寒さに耐えきれなくなったところで、ベランダから部屋に戻った。ふっと風の音や街から聞こえてくる音がやむ。この部屋の壁は、外の世界を遮断しているかのようだ。

僕はせめてこの学生寮の中を見て回ってこようと思った。1階と2階と3階の廊下を歩いてくるだけでいい。誰かに会ったら、挨拶の言葉を口にしてそのまま通りすぎればいいのだ。挨拶を交わすだけでも、僕はほんの少し心が安らぐかもしれない。

僕はそのままの姿で、部屋のドアを開けて廊下に出た。

右を向くと、パジャマの上に白いセーターを着た長い髪の女が3つドアを隔てたあたりに立っていた。壁にもたれて煙草を吸っている。髪をまとめるでもなく垂らしたままの様子は無防備な感じを受けた。その無防備さとその迂闊さに幼さを感じた。僕の方へちらっと目を向けたので、僕は申し訳ないような思いを抱きながらも、軽く会釈した。しかし、その女は僕にちらっと目を向けた次の瞬間には目をそらし、左手に持っていた灰皿で煙草の火をもみ消し、さっさと部屋のドアを開けて姿を消してしまった。

下に降りる階段は、細長い廊下の両端に1つずつある。エントランスから見て手前側と奥側の2つだ。僕は自分の部屋に近い奥側の階段に向かった。階段の手前に扉がある。四角いガラスが横に2つ、縦に5つ等間隔に嵌められた細長い白い扉だ。僕はその白い扉の鍵のロックを開けて階段へ出た。この白い扉で廊下と階段を隔てているのは、3階と4階だけだ。といっても、常にここの扉に鍵がかかっているわけではなかった。

僕は薄暗い階段をゆっくり降りて行った。2階の廊下へ出ると、ネズミ色の壁は煤を浴びたように薄汚れていた。かすかに各部屋の内から話し声が聞こえるが、廊下の突き当りの方へ目をやると、誰もいないようだった。

「サィン　バィノー。」

背後から大きな声がした。振り向くと、反対側の廊下の突き当りの窓の前の張り出した部分に17歳か18歳ぐらいの少年が腰掛けてこちらを見ていた。上下とも紺のジャージを着ている。僕は少し驚いていたし、見知らぬ人だったので注意深くその少年の顔を眺めて、挨拶を返した。

「サィン　サィン　バィノー」

少年は左の掌に小さな木の実のようなものを持っていて、それを口に運びながら、ニヤニヤしてこちらを見ている。

「ソニン　サィハン　ヨー　バィン？（何かいいことあった？）」

少年は口元をクチャクチャさせながら、続けてモンゴルで挨拶に続いてよく言われる決まり文句をこれまた大きな声で言った。僕もこのくらいのモンゴル語なら知っている。

「ユムグイ（何もないね）。」

僕がそう言うと彼は勢いよくそこから飛び降りて僕のいるところまで歩いてきた。彼は日本人にそっくりだったが、前髪をそろえたキノコのような髪型は、明らかに日本人のファッションではなかった。

「ナマイグ　カルル　ゲデク。（僕はカルルと言うんだ。）タニルツィー（知り合いになろうよ）。」

彼はそう言って、僕に右手を差し伸べた。僕は彼の手を握った。彼はなかなか打ち解けられないでいる僕を面白がるように、始終ニコニコ笑っている。

それからカルルはモンゴル語で何か言った。僕は首を傾げた。カルルはふうと息を吐くと、今度は英語で話しかけてきた。

「君の名前は？どこから来たの？」

「僕の名前は北人。日本から来たんだ。」

僕が不愛想にそう答えると、それを聞いた瞬間、カルルは目を大きく見開き、まじまじと僕を見た。さっきまで故意に人を食ったような物言いをしていた彼の顔に笑みが浮かんだ。目に輝きを放ち始めたと言ってもいい。

「僕はブリヤート人だ。ウランウデから1週間前に来たばかりさ。」

僕はウランウデと聞いても、そこがどこなのかわからなかった。しかし僕は話の内容よりも、英語やモンゴル語を聞き取ることに、意識を集中していて必死だった。

「歳はいくつ。僕は22だよ？」

僕がそう言うと、カルルは少し驚いたような顔をした。

「22？僕と同じくらいだと思った。僕は17歳さ。煙草を吸うかい？」

カルルはそう言うと、ジャージのズボンのポケットから煙草を1本取り出し、僕に手渡した。カルルは火をつけるところも、煙草を吸って吐くところも、妙にかっこつけているように見えた。

「モンゴルはどうだい？」

カルルは煙草を吸いながら、僕に聞いた。

「素晴らしいね。」

　僕は言葉足らずな英語で答えた。モンゴルは青い空と人々の笑顔が素敵で素晴らしいと僕は言いたかった。僕は平静を装って煙草を吸っていたが、何だか落ち着かなかった。

「素晴らしい？モンゴルが。ハハハハハ。」

　カルルはモンゴルを馬鹿にしているようだった。笑って両手の掌を上に挙げた。

　僕はカルルと話しながら、もっと早くモンゴル語が話せるようになりたいと思った。いったいカルルがどうしてモンゴルに来たのかも知りたいし、ブリヤートってどんな民族なのかも詳しく聞いてみたい。とにかくカルルはそんなに悪い奴ではなさそうだった。

　僕は煙草を吸い終わったところで、そろそろ帰ろうかと思った。外国語で話し続けると、すごく疲れるというか、億劫になる。

「僕はもう寝るよ。」

　僕がそう言うと、カルルはうなずいてまた僕に右手を差し伸べた。僕はカルルの手をしっかりと握った。

「おやすみ。今度僕の部屋に遊びに来なよ。ウオッカを一緒に飲もう。」

　そう言って、カルルは右手でコップの形を作り、飲む真似をした。

僕はベッドに入る前に、またベランダに出て空を眺めた。静かに星が瞬いている。僕はこの空のもっともっと先にあるものを想像した。あの遠くの空の真下に住んでいるモンゴルの遊牧民を思った。

その夜、僕は不思議な夢を見た。

…………………………………………

車は草原の中を地平線に向かって走っていた。すべては陽光に照らし出され、空に散らばった雲だけが、草原にわずかな薄い影を落としていた。車はガタゴト音を立てて走っていて、そのでこぼこ道のせいで、時々ポンッと体が浮き上がったりした。

僕は助手席に座っていて、隣の運転席にはボルドがいた。

「しかし、北人さんも変わった方ですね。日本へ帰らずにモンゴルに留まって遊牧民になりたいだなんて。まあ、でもこの1年の間によくそこまでモンゴル語が堪能になったものだ。それだけ流暢にしゃべれれば、遊牧民の仲間入りも難しくないでしょう。しかし、私からしたら、もったいないかぎりだ。日本のような豊かな国に帰れるというのに。」

「ボルドさん、僕はその豊かな国に愛想をつかしたんですよ。日本は豊かさだけを求めて、それだけを求めて、血の滲むような努力をしてきました。その勤勉さには敬意を払えるかもしれない。しかし何のための豊かさかも忘れて、これだけの豊かさを享受しても飽き足らず、さらに豊かさは求めるのは実に醜い。吐き気がするほど醜いんです。」

僕は断固とした口調でそう言った。ボルドは僕の方をチラッと見て、不思議そうに首を傾げた。

「だからと言って、モンゴルがそんなに素晴らしいところですかね。国が豊かすぎるくらい豊かなのはけっこうなことじゃないですか？」

「ボルドさんにはわからないんですよ。おや、あそこにゲルがいくつか見えますね。あそこですか？ボルドさん。」

まだずいぶんと離れたところにあるようだったが、遥か前方にモンゴルの伝統的移動式テントであるゲルの集落が見えてきていた。

「ええ、あそこです。私が村長に北人さんの希望を伝えますから。」

空気がきれいで、しかも見晴らしがいいせいか、遠くにあるものも実際よりは近くに見える。車で走っているというのに、車とゲルの集落との距離がなかなか縮まらない。僕はそれが無性にもどかしいと感じるくらい、これからのことに胸が躍っていた。

羊の群れを小さな男の子が木の枝を振り回して追い立てていた。その羊の群れを通り過ぎると、いよいよゲルの集落が間近に見えた。僕らは車を降りると、ゲルの間を抜けて、歩いて行った。そして、そのうちの1つのゲルの中へ入っていった。

「いやあ、よく来たね。ボルド。元気にしていたかい。お客さんを連れてきたのかい？」

僕らが入ると、日に焼けて真っ暗な顔に、深いしわを刻み付けた老人がゲルの奥から立ち上がって僕らを迎えた。

「お久しぶりです。村長。紹介しましょう。こちらは北人さんです。日本から来た青年です。」

ボルドはそう言うと、少し脇によけて僕を村長の前に通した。

「北人です。お会いできて、とてもうれしいです。」

僕は姿勢を正してそう言うと深くお辞儀をした。

「まあ、お客さんを迎えてもてなすのは、モンゴル人にとって何よりの楽しみなんだよ。どうぞゆっくりしていってくれ。しかしモンゴル語が上手だね。どうぞそちらへ座ってください。」

村長はそう言うと左端のベッドを指差した。僕とボルドは揃ってそのベッドに腰かけた。

村長は中央に胡坐をかいて座った。

僕は大きく息を吸い込むと、単刀直入に自分の希望を述べた。

「村長、こちらに来た目的を申し上げます。村長は先程、僕をお客さんとおっしゃいましたが、僕はあなた方にお客として接して欲しいわけではなく、あなた方のお仲間に加えて欲しいと思っているのです。」

僕がそう言うと、さっきまでにこやかに笑っていた村長の顔が固く緊張した顔になり、薄目を開けてじっと僕を眺めた。ボルドは僕がいきなり、挨拶もそこそこに本題に入ってしまったので、慌てて補足するように言った。

「村長、この青年はとても変わった方でしてね。モンゴルの遊牧民になりたいと言うのです。大真面目にモンゴルに骨をうずめる覚悟だと言うのです。私も驚きました。しかもモンゴル人の嫁を迎え、名前もモンゴル人の名前に改名したいとまで言うのです。信じられないような話ですが、この青年は本気です。」

村長はボルドが話している間も表情を変えずに僕を眺めていた。ボルドが話し終えて、少し間を空けてから村長は口を開いた。

「北人さんと言ったね。モンゴル人になりたいと言うと、あなたは日本人をやめるということかね?国を捨てるというのかね?」

村長は腰をかがめて、顔をつきだすようにじっと僕を見た。

「ええ、村長。僕は何もかも捨ててしまいたいのです。自分の人生をリセットしたいのです。何もかも初めからやり直したいと思ってます。」

僕がそう言うと、解せないと言った風に、村長は首を振った。

「まるでわからない。国を捨てるといったら、余程のことがなければおかしい。いったい、北人さん、あなたは国を捨てるということがどういうことかわかって言ってるのかい?」

村長は僕の目を真剣な眼差しで、まじまじと眺めている。

「余程のことがあるのかないのか、それはわかりません。ただ僕は別に国というものに深くこだわってはいませんし、そんなものにこだわりたくもないのです。僕は自分が日本人であるということには、何の意味も認めていません。いや、意味などないのです。意味のないものを意味があるように装って、自分を空しいものにしたくはないのです。」

僕がそう言うと、村長は屈んでいた姿勢から体を起こして、ふうと大きく息を吐いた。

「ハハハハ、ボルド。この青年は足元が全く見えていないようだね。自分というものがまったくわかっていないようだよ。国を捨てるということを、そんな甘い考えでなしえるものなのかね。」

　僕は村長の話を遮るように、口を開いた。

「村長、僕は頭の中にあり得ない甘い夢を描いて、それを現実の中に反映させようとしているわけではないのです。僕は何もかも捨てて、このモンゴルの大自然の中で人間本来の生き方を取り戻したいのです。おわかり頂けませんか？」

　村長は僕の目をじっと見据えて言った。

「北人さん、大自然と言ったね。あなた方日本人の感じる大自然と私らモンゴル人の感じる大自然は違うものだよ、きっと。ところで北人さん、あなたは馬に乗れるかね？」

「いえ、乗れません。しかし練習してあなた方モンゴル人のように馬に乗れるようになってみせます。モンゴル語だってあなた方と普通に意思疎通が図れるくらい上達したのですから、乗馬だってわけないはずです。」

　僕は自分の固い決意を何としてもわかってもらおうと必死だった。

「そう、あなたは確かにモンゴル語が上手だ。馬にだって乗れるようになるかもしれない。しかし、モンゴル人は千年以上にわたって馬と生活を共にし、時にはこのユーラシア大陸を縦横無尽に駆け回った。モンゴル人はまるで身体の一部のように馬を操るんだ。そしていつの時代も、喜びや悲しみや苦労を何もかも馬と分かち合ってきた。それで北人さん、あなたにそのモンゴル人の心がわかるのかい？」

僕はそう言われて言葉に詰まった。

「北人さん、あなたは日本人。私はモンゴル人。この垣根はそう簡単には越えられない。まず、あなたは自分の足元を見つめてみたらどうだね。我々の仲間になりたいって話はお断りだ。」

ここまで話すと村長はまたさっきのにこやかな顔に戻って、ポンと手を叩いた。

「さあ、この話は終わりにしよう。せっかく来てくれたんだ。まずはうちで作った馬乳酒をご馳走しよう。ちょっとそこで待っていてくれ。」

村長はそう言うと、立ち上がってゲルの外へ出て行った。村長の姿が見えなくなると、ボルドが僕の耳元で小さな声で言った。

「残念でしたね。こういう頼みはめったにないですからね。聞き入れてもらうのは、なかなか難しいです。」

しかし僕はボルドの言うことには応えずに、うつむいたまま村長のさっきの言葉を繰りかえし呟いていた。

「あなたは日本人、私はモンゴル人。あなたは日本人、私はモンゴル人……。僕は……僕は日本人……。」

……。

〝ちりりりりりりりりり〟目覚まし時計が大きな音で部屋に鳴り響いて、僕はベッドから飛び起きた。転がるようにベッドから降りると、這うようにして四足で反対側にある机まで歩いて、その上の目覚まし時計を止めた。間違いなくここは自分の部屋だった。大きなあくびを1つして、見上げると外はすっかり明るくなっていた。窓の外には青い空が拡がっている。我に返れば、今日は大学の初登校日だった。家を出るまでには、まだ40分ほどある。僕は妙な夢を見たものだなあと思っていた。ふと「おなかがすいた」をモンゴル語で言うと、何だろうと考えてみたが、まったくわからなかった。さっき夢の中で完全にモンゴル語をマスターしたと思っていたのにと不思議に思った。

夢の中の出来事とこの現実とのギャップを埋めようとするみたいに、僕はしばらくぼうっと青い空を眺めていた。しばらくしてようやく目が冴えてくると、僕は湯沸かしポットのスイッチを入れ、買い物袋からパンを取り出し、朝食の準備を始めた。そうしながら、一体、今日一日がどうはじまってどう終わるのか、全く見当もつかなかった。

三

8時50分にモンゴル語初級科の教室に入った。整然と並んだ各座席には、もう30人ぐらいの学生が座っていた。もう年齢も国籍もバラバラと言った感じだ。僕が教室に入った瞬間、アジア系の涼しげな細い目をした少女が僕をじっと見ていた。その目を見た瞬間、きっとこの子は、同じ国籍の学生を探しているんだろうと思った。言葉も通じない人ばかりに囲まれて不安なのだろう。しかし机の上の名札を見ると中国人の名前だった。僕は、きっとその子が僕にかけただろう期待に応えられないことを少し申し訳なく感じた。奥の方にはカルルが座っていて、僕を見ると「Hey　Hokuto」と言って右手を挙げた。僕は周りに気兼ねしながらも、「Hi Karuru」と言って軽く右手を挙げた。

9時になると目の大きい老婆が笑顔で教室に入ってきて、「サィン　バィツガノー（みなさん、こんにちは。）」と挨拶すると、早速テスト用紙を配った。配り終わると、すぐにテストが始まった。

モンゴル語のテストなのだが、自分に腹が立つくらい答えがわからない。10分もすると半分なげやりな気持ちで鉛筆をほおりだし、テストが終わるのを待った。40分ほどしてテストが終わると、そのまま教室で待たされた。その間、各学生は同じ国籍どうしで話を始める。教室の中を中国語、韓国語、ロシア語などが飛び交った。興奮気味で話している風を見ると、皆今のテストのできについて話しているのだろう。

後ろの方に日本人らしき人が2、3人いたが、席が離れていたので、僕はただ無言で回りの様子を眺めていた。するとふと隣にいたキョンという名の韓国人の少年が親しげな感じで片言の日本語でこう話しかけてきた。

「どうでしたか?」

「いや、できませんでした。」

僕はいかにも残念そうな顔をしてみせて、首を振った。

「僕もです。」

キョンはそう言うとはにかむような笑いを漏らした。

「日本語できますか?」

僕がそう聞くと、キョンは少し言葉を探すふうに、目を宙に泳がせてから「少し……」と言った。僕らは簡単な日本語と互いの拙い英語と、それとジェスチャーでコミュニケーションをとった。キョンは初めに僕の歳を聞き、それから僕の住まいを聞いてきた。彼はまだ17歳だった。僕が、住まいは外国人学生寮だと答えると、彼は「おお！」と言う嬉しそうな声を挙げ自分もそこに住んでるのだと言った。

30分ほど待たされ、それから指定された教室に移動した。さっきいた30人ほどの学生が3つに分かれたようで、僕の入った教室には学生が10人いた。後で知ったことだが、僕のクラスのメンバーは中国人が3人、韓国人が4人、日本人が僕を入れて2人、トワ人（ロシアの少数民族）が1人、イギリス人が1人だった。さっきのテストはクラス分けのテストだったようだ。カルルはいなかった。おそらくカルルはもっとレベルの高いクラスなのだろう。キョンは後から教室に入ってきて、僕を見つけると僕の肩を軽くたたき、

「一緒ですね。」と日本語で言った。

僕は10時半には校門を出た。明日からは12時半まで授業があるようだが、今日はクラス分けのテストだけで終わった。僕は背伸びをすると、まだ今日一日は長いのだなあと思った。僕はこの日、夕方までひたすら歩いた。道に迷わないように、この前通ったスフバートル広場を中心にして、その周囲数キロを東西南北に歩きまわった。僕はモンゴル語がほ

とんどわからなかったし、モンゴル人は日本人よりも英語が通じない。バスもタクシーも使う気がしなかった。昼ごろ、国立デパートの向いの食堂で食事を取り、それから大通りをわたって国立デパートに向かってゆっくり歩いていると、いつのまにか小さな男の子が僕の脇に立っていた。僕は思わず立ち止まって、その小さな男の子を見下ろした。不潔な感じはしなかったのだが、土をかぶったような薄汚れた顔で、薄汚れた服を着ていた。あどけない顔で僕を見上げて、右手を差し伸べてこう繰りかえし言ってきた。

「ムング（お金）ムングー」

あまりに芸の無い、あまりにストレートな金のせびり方だったが、僕はその子の顔を見つめ返してしばらく動けない。

「ムングー……ムングー」

ただ、僕を見上げてそれしか言わない。モンゴルには親なし子で、ホームレスの子供がたくさんいると聞いている。僕はそのままその子の手を取り、どこかレストランにでも入って、飯一杯食わせて、それからデパートで新品の服を買って着せてやりたいような気がした。しかしホームレスの子供には何も与えてはいけないとも誰かから言われたことを思い出した。たくさん仲間を連れてきて、付きまとわれるからと言われたのだ。

僕は黙って右手を振って、デパートへ入っていったが、僕を見つめていたその子の顔がいつまでも頭の隅に残って消えなかった。

街を歩いていると、たくさんの子供たちに出会った。あるものは、何人かでホースで車に水をかけて、車を洗っていた。あるものは、大八車に山ほど食料品などを積んで、それを引きながら、大きな掛け声をあげて売り歩いていた。そしてあるものは、道端で革靴を履いた大人の靴を丁寧に磨いていた。小学生ぐらいの子供たちがモンゴルでは、もう働いている。

夕食も外ですませて家に帰ると、もう夜の9時だった。歩き通しですっかり足のふくらはぎが痛くなっていた。ベッドの端に寄りかかり、足を伸ばしてビールを飲んだ。そのままの姿勢で窓から夜空に浮かぶ星空を眺めていると、今日僕にお金をせびった男の子のことを思い出し、今頃あの子はこんな寒空の下でどうしてるのだろうと考えた。

翌日、僕は授業が終わると、12時半に大学の門を出た。これから市内バスに乗ってみようと思った。青い空を見上げると、晴々した気分になる。

1日目のモンゴル語の授業はモンゴル語で使われる文字、キリル文字の学習から始まった。髪の薄くなった初老の教師が黒板にキリル文字を書いていった。僕はそれを見ながら、ノートいっぱいにキリル文字を書いていった。

「А（アー）Б（べー）В（ウェー）Г（ゲー）……」

そして教室の学生全員でキリル文字を暗唱した。

2時限目は基本文型の学習だった。〝教室に机がいくつある。その右手には窓がある。机の上には鉛筆がある〟そんな感じの文型だ。僕はテンポよく数式が解けていくように、文法体系が頭の中で整理できた。いずれそう遅くない時期にモンゴル人との言葉の壁を越えていけそうな手ごたえを感じて、学校から一歩出た時、僕は実にすがすがしい気分を感じた。

僕は大学の前で適当なバスに乗り込んだ。バスの正面には行き先を示す数字が記されているらしかったが、僕はその行き先を知らない。この街の地理は昨日歩きまわったおかげで、狭い範囲ではあるがある程度頭に入っていた。僕はバスから外を見ていて、帰り道を見失いそうなエリアにバスが入る直前でバスから降りようと考えていた。

バスに乗ると、腹の前に運賃を入れるポシェットをまいたおばさんが、乗客から運賃100トゥグルグ（約10円）を回収しては整理券のようなものを渡していた。

バスはスフバートル広場沿いの大通りに出てまっすぐ進み、昨日行った国立デパートを通り過ぎてさらにまっすぐ進んでいった。外壁を水色のタイルで覆った高層マンションが見えてきた。そのあたりで僕はバスを降りた。僕はモンゴルで一般的にゴアンズと呼ばれる定食屋のようなところで食事をした。小麦粉の皮にひき肉を包んで蒸した、ボーズと呼ばれるものを5つほど食べた。それから大通りを、さっきバスで通り過ぎてきた国立デパートの方へ向かって、ひたすら歩いた。歩道はコンクリートで舗装されていても、ひび割れていたり、浮き上がったりしていて、でこぼこしていた。30分ほど歩いて国立デパートへ辿りつくと、そこでディズニーのパズルを2種類ほど買った。国立デパートの前でまたバスに乗ると、うまい具合にバスは大学へ向かったので、大学の前でバスを降りた。

学生寮へ帰ると、もう午後4時だった。エントランスを抜けて階段を上っていると、足が重く感じた。2階から3階へ上る途中、向こうからキョンが降りてくるのが見えた。

「北人さん。」

キョンはそう言うと、右手を振った。僕も右手を挙げた。キョンが手招きするので、僕はキョンについて3階の廊下を歩いた。3つ目のドアでキョンは立ち止まって、僕の方へ振り返るとこう言った。

「ミニー　ウルー（私の部屋）。」

僕はキョンの目を見て、２、３回うなずいて見せた。それから僕は天井を指差して、自分の部屋の方角を示すと同時にこう言った。

「ミニー　ウルー。」

僕はそう言うと、キョンがしたのと同じように、手招きして先に立って歩いた。４階まで階段を上り、４階の廊下を歩いて自分の部屋のドアの前まで来て振り返ると、キョンはニコッと笑った。

「キョンさん、どうぞ。」

僕は部屋のドアを開けると、キョンを部屋に招き入れた。

「ありがとう。」

キョンはそう言うと、快く僕の招きを受け入れて部屋に入った。

お湯を沸かし、コーヒーを２つ淹れて床に胡坐をかいて向かいあって座ると、僕はさて何を話そうかと思った。話題がないわけではなかったが、キョンは日本語は本当に基本的な言葉しか知らないし、英語もあまり話せないようだった。かといってモンゴル語はお互い習い始めたばかりで、ほとんど話せない。

僕はとりあえず簡単な日本語で話しかけてみた。極力知らなそうな言葉を省いた。今日の授業について聞いてみようとした。

「今日はどうでしたか？」

僕がそう言うと、キョンは聞き取れなかったようで首をかしげたので、僕は同じ言葉を繰りかえした。

「ああ、うーん。」

何を僕がたずねているのかすら、わからないかもしれないと思ったので、僕は今日の授業で使った、キリル文字をびっしり書いたノートを見せて、

「難しかったですか？簡単でしたか？」

と聞くと、キョンはやっと不可解な暗雲が去って、晴れ間が見えたといった、晴れやかな顔して言った。

「簡単です。」

僕はうんうんとうなずいたが、その後会話が続かない。するとキョンの方から話を切り出してきた。

「ヤポニー　キノー　ドルタエ（日本の映画が好きです）。」

今度は僕の方がキョンの言ったモンゴル語がわからない。〝ドルタエ……ドルタエ……。〟

えーと、そうだ、好きという意味だ。ヤポンは日本。だからえーと……いまいちわからない。僕は小刻みに首を振って、わからないということを示して見せた。

「ラピュタ、ナウシカ、ハウル……。」

僕はキョンにそう言われて、やっと言っていることがわかった。キョンは日本のアニメが好きなのだろう。

僕はドラえもんを知っているかなと思って、ノートにドラえもんの絵を描いて見せた。するとキョンはおおと声を発して、勢いよく「ドラえもん」と言った。

僕が調子にのって、ドラえもんの秘密道具である、どこでもドアやタケコプターやスモールライトなんかを絵に描いて見せると、キョンは「ああ」とか「おお」とか言いながら、はしゃいで見せた。それぞれ違う国の人間が、1つでも分かり合える何かを見つけると、こんなにうれしいものかと思うくらい、僕はドラえもんの話題を大いにひっぱった。のびた、ジャイアン、しずかと言うと、キョンはすぐにドラえもんの登場人物だと理解した。のびたは弱虫、ジャイアンは横暴、しずかはかわいい女の子。のびたの弱虫ぶりやジャイアンの横暴ぶりを、泣いたマネや暴力をふるう真似をして表現すると、キョンはわかる、わかると言った風にうなずいて見せて、ハハハと笑った。

人とのコミュニケーションは言葉だけじゃなく、相手の表情やそぶりを見ることなんだ。僕はキョンと向き合いながら、そんなことを思った。

僕らはそれから会話はやめにして、僕が今日買ってきたパズルを作っていった。ちょうど2つ買ってきたから、お互い1つずつ組み立てた。時々お互い顔を見合わせる程度で、後は2人は黙って黙々とパズルを組み立てていった。キョンの方が先に組み立ててしまって、それからキョンは僕のパズルの作成を手伝った。ちょうとパズルの中で、ディズニーのキャラクター達の上に拡がる空の部分がただの青で、なかなかぴったり合うパズルの破片を見つけるのが難しかった。2人はいろいろなパズルの破片を当ててみて、これでもない、あれでもないと言った風に、いろいろ試みていた。

パズルが完成すると、2人は顔を見合わせて、完成を喜んだ。

キョンは7時になると、ジェスチャーで食べるふりをしてみせて、これから夕食に行くのだと言う意味を伝えて、僕の部屋から出ていった。

僕はキョンのいろんな表情を見た。笑った顔、疑問に思う顔、得意げにしている顔、はしゃいでいる時の顔、僕はその様々なキョンの表情を部屋で1人思い出しながら、今度は2人して何をして遊ぼうかと考えていた。

翌日、僕は授業が終わると、また街の中を歩いてみることにした。学校内のファーストフードでハンバーガーを食べてから、また国立デパートの方へ歩いていった。前から気になっている場所があった。国立デパートから見える観覧車を見て、どんなところだろうと気になっていた。僕はそこへ向かった。

行ってみると、そこは広大な敷地を持つ公園になっていて、白いペンキが塗られたフェンスに囲まれていた。入口は扉が開け放してあり、誰でも自由に出入りできた。公園の中心に向かう砂利道の周りは植え込みに囲まれていた。入口からは観覧車はまだ離れたところに見える。この日もいい陽気で、道に沿って歩いていくと、木々の間から真っ青な空が見えた。しばらく歩いていって、木々の間を抜けるとそこに観覧車が現れた。

観覧車は間近で見ると、動く時キシキシと音をさせそうなぐらい、相当年月の経った古びた機械のように見えた。黄色に塗られたペンキも何だか色あせている。何だか東京の郊外の公園にある、手入れもメンテナンスもされずにおかれたままのブランコやジャングルジムみたいで、見栄えはあまり良くない。

　事故でも起きやしないかと考えながらも、僕は200トゥグルグ（約20円）を払って観覧車に乗りこみ、ウサギ小屋の扉の留め金のようなもので、係員に外から鍵を閉められた。観覧車が徐々に高い所へ上っていく。次第に公園の全体が見渡せる位置に来る。少し離れたところに大きな池があって、ボートを漕いでいる人が見えた。さらに高い所へ上ると、このウランバートルの街並が果てた先に、草原の丘が連なって見えた。そこには京都の五山送り火と同じくらいの大きさで、大きな文字が丘に白で描かれていた。モンゴルの歴史的、伝統的な縦文字で何か言葉が描かれている。

　僕は観覧車を降りると、池があるところまで歩いていった。その池を正面に見て、僕はそこにあったベンチに座った。池の面が陽光を受けてキラキラと光った。まるで水の上で光が踊っているようだった。

　僕は日本にいた時、こんなにのんびりした気分で散歩などしたことがあっただろうかと考えた。僕はこの国ではよそ者だった。これはよそ者が享受する自由なのだろう。あらゆるものが今までの僕に縁がないもので、他人様の持つ何かであって、僕には無関係なものに思えた。だから呑気でいられるのだろう。

僕はしばらくそうやって、ぼうっと池を眺めたり、公園内を歩き回ったりして過ごした後、公園を出た。その後、学生寮の近くのスーパーへ行き、コンソメスープの素とソーセージ、じゃがいも、人参、玉ねぎ、まな板と包丁それとトランプを買って、夕方5時ごろ学生寮に帰った。

モンゴルに来てから、自分はここで何をするべきなのだろうと考える。モンゴル語初級科のクラスはいつも午前中しか授業がない。何の予定もないその日一日を、何となくウランバートルの街を歩き回って過ごしているけれど、そのうち何かを始めなければならないような気もする。

僕は寮に帰ると、さっそく炊飯器でお湯を沸かし、米を一つかみそこに入れ、人参、じゃがいも、玉ねぎ、ソーセージを包丁で切ってそこに入れ、最後にコンソメスープの素をそこに入れた。心身の健康を保つのに必要な具材としてはこれで十分だろう。一人暮らしの課題としては、味はともかく栄養のある食事をしなければならないということ。今まで料理らしい料理を作ったことがない僕は、それらしい食生活を送ろうと試みていた。

十分に具材を煮て、それからそれを茶碗に注いで口に運ぶと、味も悪くない。食も進む。すべてたいらげて満腹になると、日々の営みに必要な課題を1つこなせたと思って、満足した。モンゴルでの新しい生活のスタイルが少しずつ形作られているのだと実感すると、僕は今のところはこれでいいのだと思えてきた。

食事をすませ、コーヒーを飲みながら煙草をふかし、窓の外を眺めていると、部屋のドアを叩く音がした。僕は即座に床に置いてあった財布をTシャツの下にまいているポシェットに入れ、パスポートと生活費が机の鍵のついた引き出しに入っていることを確かめると、ドアを開けた。

「サイン　バイノー。」

目の前にニコニコ笑っているキョンの顔があった。僕はキョンを部屋に招き入れて、またコーヒーを淹れた。

僕はキョンと向かいあって座ると、紙に観覧車を描いて見せて言った。

「ビー　テンド　ヤウスン（僕はここに行ったんだ）。」

キョンもあの観覧車を知っているらしく、「はああ」と感嘆の声を漏らした。

僕はそれから今日買ってきたトランプカードを出して見せた。そのトランプの裏にはチンギスハーンの絵が描かれていた。キョンにそれを手渡すと、そのカードの絵に見入っていた。

僕は少しの言葉とジェスチャーで、〝スピード〟というトランプゲームを教えた。擬似的にやってみせた。

キョンは賢くて、言葉足らずの僕の教え方ですぐにゲームのルールを理解した。実際やってみると、当然このゲームにやりなれている僕の方が強かった。しかしキョンは負けても負けても、1回1回の勝負にこだわることなく、このゲームに勝てるコツを模索しているように見えた。何度もやっていると、ゲームは接戦となっていった。

キョンは1つのゲームが終わるたびに、「タヒャード（もう1回）。」と言った。40分ぐらいしたところで、とうとうキョンが勝った。するとキョンは大げさに万歳してみせたので、僕は悔しく思いながらも、それを見て笑った。

僕はそれから七ならべや神経衰弱などの日本のトランプゲームを教えてやった。どのゲームも長くやればやるほど、キョンはコツをつかんで強くなり、僕は苦戦した。お互い自分の実力を相手に見せつけてやることにやりがいを感じていたようだ。僕もキョンも相手より優位に立とうとした。

トランプゲームに夢中になっている間に夜は更けて、窓の外は真っ暗になった。

1つのゲームが終わって、僕がトランプカードを切っていると、ふとキョンは時間のことを思い出したように腕時計を見た。意外と長居してしまったことに気づいたかのように、慌ただしく立ち上がった。

「ビー　ヤウラー　サイハン　アムラーレー（僕は行くね。おやすみなさい）。」

そう言うと、そそくさと部屋を出て行った。

僕はキョンが帰ると、またコーヒーを淹れなおして、コーヒーを飲みながら夜空を見上げて、こんな一日も悪くないと思った。

それから2週間、キョンは毎日のように僕の部屋に来て、一緒にトランプをして遊んだ。キョンの部屋で夕食をごちそうしてもらったこともあった。キョンには13歳の妹がいて、名をヘミョンと言った。ヘミョンが夕食を作ってくれた。ヘミョンは背が低くて色が濃い、目鼻だちの整った可愛い女の子だった。国でモンゴル語をすでに学んでいたのか、兄よりモンゴル語が堪能だった。ヘミョンは街中で子犬を拾ってきたことがあった。気の強い子で、兄であるキョンの反対を押し切って部屋で子犬を飼って、可愛がっていた。一度、散髪屋で僕が髪を茶色に染めてきて、ヘミョンに「どうだい？」と聞いてみると、ヘミョンは顔をしかめて、「すごく似合わない。」と言った。

ちなみに僕が散髪屋で髪を茶色に染めたのは、店員が茶色に染めた方が似合うからと言って、半ば強引に髪を茶色に染めたからだった。そこの散髪屋は客の要望を全く聞いてくれない散髪屋で、髪をもっと短くしてくれと何度頼んでも、短い髪は僕に似合わないからと短くしてくれないし、頼んでもいないのに髪を茶色に染めた方がいいと強く主張してきた。結局言われるがままの髪型と髪色にされてしまったのだった。

モンゴルへ来てから3週間目の金曜日、12時半に大学の校門を出て、ふうと1つ深呼吸をして、さて今日はどこで昼食を取ろうかと考えていると、突然後ろからバーンと肩を強く叩いた者がいた。前によろけて何事かと振り向くと、そこにはカルルがいた。

「アハハハハハハハッ、ホクト！」

大きな口を開けて、カルルは笑っている。〝カルル参上〟とでも言いたそうな仕方で、カルルは派手に僕の前に現れた。僕はカルルの妙なペースに巻き込まれないよう、何とか自分を律しながら、ドキドキする胸の鼓動を押し隠すようにして、冷静さを装って言葉を返した。

「サィン　バィノー　カルル（こんにちは、カルル。）ソニン　サイハン　ヨー　バィン？（何かいいことあった？）」

「サイハン　ユム　ズンドー　バィガー（いいことはたくさんあるよ）アハハハハ。」

カルルの、人を食ったようなテンションにはうまくついていけなかった。そんな僕をカルルは面白そうに眺めて、また笑っていた。カルルはそれから黙って僕の肩に右手をかけると、さあ行こうかと言った感じで僕を促した。僕らはそのまま大学から寮に帰る途中にあるゴアンズに立寄って、一緒に食事をすることになった。小麦粉を練って作った生地に肉を包んで、油で揚げたホーショールというモンゴルの食べ物を食べた。店に入ると、労働者風のモンゴル人がたくさんいた。キッチンとの間を隔てるカウンターの前で、カルルがホーショール5つとジュースと言うと、店員はニコリともせずにうなずいて、1分もしないうちに平べったいホーショールを5つ重ねた皿と、ビン詰めされたジュースを、乱暴にカウンターの差出口にバーンと音を立てて置いた。それを後ろで注意深く見ていた僕は、同じ要領で注文してみた。店内に並んだ簡素なテーブルの前に僕らは腰を落ち着けた。周りを見渡してみると、客の誰もが皿の上にホーショールをいくつも重ねて、それを両手でつかんで、それだけを食べている。サイドメニューも何もない。なんという栄養のバランスの悪い食事だろうかと思う。

カルルもモンゴル人と同じようにホーショールにかぶりついているので、僕もそれをまねて両手でホーショールの端をつかんでかぶりつく。中から肉の脂がじゅわっとしみでてくる。僕が1口食べて、それにあたるモンゴル語がわからなかったので、英語で勢いよく

「デリシャス（おいしい）。」

と言うと、カルルはうんうんとうなずいて

「アムトゥタエ（おいしい）　デリシャス　イズ　アムトゥタエ。」

そう言って〝おいしい〟はモンゴル語で〝アムトゥタエ〟と言うのだと教えてくれた。

喉が渇いていた。今日も日差しが強く、街は熱気に包まれている。500㎖のジュースをグビグビと喉に流し込んだ。グレープ味の炭酸飲料なのだが、果汁というより薬品のような味がして不味かった。息を止めて飲みたいぐらいだ。全部飲み干す気がしない。100トゥグルグとコーラやスプライトなどのジュースより5分の1ぐらいの値段で、べらぼうに安いのだが、毎回こんなのを飲んでると体に悪いような気がした。全部たいらげると、結構腹はふくらんだが、食事代は600トゥグルグで日本円にすると60円程度。ファーストフードでハンバーガーやポテトを食べるよりずっと安くて、それより半分以下の値段だった。

モンゴルには街のいたる所に、高速道路の料金所のように、壁と窓で囲われた小さな店があって、キオスクと言う。家庭にあるトイレより少し大きいくらいの広さと言ってもい

い。たいてい中にはおばちゃんが座っている。おばちゃんの子供らしき子が一緒に中にいることもある。売っているものは、日本の駅にあるキヨスクをイメージしてもらうとわかりやすい。菓子類、煙草、ジュース、パンなど。キヨスクになくて、キオスクにあるものとしては、野菜だろうか。まあ、野菜と言っても、あるものは決まっていて、じゃがいも、人参、玉ねぎぐらいしかない。高速の料金所と同じように小窓があって、そこを通して商品を受け取るようになっている。

カルルはゴアンズを出ると、すぐ近くのキオスクに行き、30トゥグルグほど払って、煙草を1箱ではなく、1本購入した。モンゴルではバラで煙草を売っているのだ。

カルルは煙草に火をつけて大股に歩きだす。僕はその早足のペースに合わせて、そのカルルの歩き方をまねるように、大股で胸を張って歩く。カルルは煙草を1口、2口、3口吸うと、吸い口の方を指先でつまんで僕に差出し、「吸うかい?」と僕に聞いてきた。僕は少し驚いたが、何でもないことのようにそれを受け取って3口ほど吸うと、カルルに手渡した。カルルはまた2、3口吸って僕に差しだす。僕らはそのまま、まっすぐに寮に帰ってきた。エントランスに入ったところで、カルルが部屋はどこかと聞くので、僕は4階までカルルと上って、自分の部屋まで連れて来た。

カルルは遠慮なくと言った感じで、僕の部屋に足を踏み入れた。トイレを左側に見て、その奥にあるドアの前で僕は靴を脱ぎ、カルルにも靴を脱ぐよう促した。僕が「ジャパニーズスタイル」だと言うと、カルルは黙ったままうなずいて靴を脱ぐと、奥の部屋に入った。カルルは入ると、物珍しそうに天井、床、壁、窓を見て部屋中を見渡した。それから窓の方へ寄って、その脇の扉を開けてベランダに出て、下を見下ろしたりしていた。僕はカルルがそうしている間に、コーヒーを淹れた。ようやくベランダからカルルは戻ってきて、床にあぐらをかいた。カルルはコーヒーを1口飲むと、そばに置いてあったCDプレイヤーに気づいて、音楽を聞こうと言った。僕がCDをセットして再生ボタンを押すと、部屋内にビートルズの歌が流れた。

カルルは僕に日本の写真はないのかと訊いた。僕はモンゴル人に見せるために用意してあったアルバムを取り出し、それを渡した。カルルがそのアルバムを開くと、僕はそのすぐ脇に座って、これは父、これは母、これは祖母、これは祖父、これは友達、これは僕の家、ここは僕の部屋、そんなふうに写真1枚、1枚に解説を加えた。

「モンゴルに来て、さびしくないのかい？」

そうカルルがしんみりした声で聞いてきたので、

「さびしくはないさ。」

と僕はこたえた。

「カルルはモンゴルにいて、さびしいのかい？」

僕がそう言うと、カルルは黙ったまま、うんうんとうなずいた。

カルルはそれから1枚の写真に目を留めた。

「この子はホクトの彼女？」

僕はカルルがそう尋ねると同時に、その写真に写っている女の子を見た。

「ノー！ノー、ノー、ノー。違うよ。この子は彼女じゃない。」

僕がそう言うと、カルルは僕の方に振り向いて、いたずらっぽい目で僕を見た。まるで僕の本心を見透かそうとするように見るので、僕は重ねてノーを言った。

その写真は月子とのツーショットの写真だった。卒業式の日、式が終わると、僕は卒業証書を手にして、一刻も早く帰ろうとしていた。講堂の前で同じサークルの仲間達や同じゼミ生同士などがワイワイ騒いで、その後の飲み会の打ち合わせをしたり、写真を取り合ったりしている中を、僕は人目を避けるようにして、大学の門に向って歩いていた。そうして大学の門を出ようとしている時に、月子が後ろから追いかけてきて僕を引きとめた。月子が最後に2人で写真を撮ろうというので、大学の門の前で写真を撮ったのだが、カルルが見ているのはその写真だった。写真の中で月子は花柄の派手な着物を着て、笑顔でピースしている。僕はスーツにネクタイを締めてたが、後ろのポケットに両手を突っ込んで、ほんの少し右斜め上を見ている。

カルルは写真を一通り見終わると立ち上がって、

「ホクト、今夜ディスコに行こう。楽しいぜ。」

そう言って、その場で少し踊るふりをして見せた。僕がうなずくと、今夜9時に2階の205号室に来るようにカルルは僕に言って、それから部屋を出て行った。

僕はカルルが帰ると、今日の授業の復習を1時間ほどした。それから今夜、夜通し遊ぶことも考えて、体力を温存するためにベッドにもぐって昼寝をした。

午後8時に目を覚ました。ふとキョンのことを思い出した。僕が寝ている間に、キョンが訪ねて来ていたとしたら、キョンに悪いなあと思った。それから夕食を作って食べた。

午後9時ちょうどにカルルのいる205号室の方へ行くと、部屋のドアの前に4人の男が立っていた。

「ハーイ、ホクト、ホクト、ホクト、ホクト、ハッハッハア。」

カルルは僕が来たのに気づくと、僕の名前を連呼した。僕の名前を連呼しながら、挑発するように、大きな目をして僕を見つめる。いったい何事かといった風に、僕が怪訝な顔をすると、カルルは「ヒヒヒヒヒッ」と押し殺したような笑い方をする。

カルルの隣にいた幾分年上らしいニキビ顔の男が、

「やあ、ホクト。僕はアランと言うんだ。よろしく。」

モンゴル語でそう言って、僕に右手を差し伸べた。僕は彼の手を握って、僕も名前を名のった。アランは僕と目が合うと、僕の手をぎゅっと固く握って、にっこりと笑って見せた。これが彼らにとっての礼儀なのだろうと僕は思った。それを隣で見ていた小さな目をした幼い顔の男がアランをまねるように挨拶した。手を差し伸べるしぐさも、ニコッとして見せる笑顔の作り方も何だかわざとらしい。彼の名はエフィと言った。もう1人の男とも握手を交わした。彼の名はステファンと言った。色白で痩せていて背が高い。目をキョロキョロさせて、何だか落ち着かない様子をしている。どうやらこの3人もカルルと同じブリヤート人らしかった。3人はお互いロシア語で話している。

学生寮の玄関を出ると、外の冷たい空気を頬に感じた。街は昼間の熱気が冷めて、幾分静かだった。ラマ寺の屋根が闇の中に沈み、その上の空は星が瞬いている。

彼らは大きく腕を振り、大股に足を運んで歩いた。まるで明確な目標に向かって、歩を進めているかのようだった。僕は彼らのペースに合わせて、いつもより早く歩いた。

寮の近くの酒屋に入ると、チンギスハーンの顔が赤で描かれたウオッカを1瓶買った。アランがそれをステファンに渡すと、ステファンはそのウオッカを黒のコートの胸の前を開いて、中に押し隠した。

僕らは酒屋を出ると、大通りには出ずに裏道を歩いた。明かりの消えた建物と建物の間にある、人1人やっと通れる道を通り、外灯の光もわずかにしか届かない運動場を横切っていった。昼間でさえも、人が多く通る大通りを歩いている僕は、夜中にこんな人気のない所を堂々と通ろうとする彼らの無頓着さに驚いていた。やがて日本にある市営住宅のような集合住宅の並んだ一角へ入っていった。奥へ歩を進めるうちに、時々人とすれ違ったが、暗くて相手の顔はほとんど見えなかった。

金網を張り巡らして壁を作っているところに行き当たった。その脇に倉庫のようなものがあり、その陰の部分が一段と暗がりを濃くしていた。アランは周りを見渡して、あたりに人がいないことを確かめると、僕らをその暗がりの中へ誘った。僕らがその中に入ると、エフィが上着のポケットから丈の短いグラスを1個取り出して、ステファンに渡した。

ステファンはコートの内からウオッカの瓶を取り出すと、それを開けてグラスに注いだ。グラスの底から1㎝ぐらいのところまで注ぐと、それをアランに渡した。アランはふうと短く息を吐くと、それを一気に飲み干して、グラスをステファンに返した。ステファンはまたグラスに注いで、カルルに渡す。カルルも同じように一息に飲み干す。ステファンはまだグラスに注ぐと今度は僕に渡した。みんな、人目を気にして急いでいる様だったので、僕も受け取ると、ぐっと一気に飲み干した。アルコール40度のウオッカが喉を強く刺激する。カアッと体の内から熱を発したようで、頬の辺りが熱くなる。それからエフィ、ステファンと同じようにウオッカを飲み、1巡すると2巡目に入り、アランからまた飲む。3巡ぐらいして瓶は空になった。アランは空になった瓶を集合住宅のゴミ捨て場に投げ捨てた。それから僕らはまた歩き出した。

歩きながら僕はポケットから煙草を1本取り出して火をつけた。1口吸って吐くと、アルコールが効いて、一瞬頭がクラクラした。隣にカルルがいて一緒に吸おうと言うので、昼間と同じように2、3口ずつ受け渡して一緒に吸った。

アルコールで体がほてってくるのに伴って、気分が高揚してくる。僕はそれまで何となく大人しく、彼らについてきているだけだったが、誰に気がねする必要もないように思えた。やれることは何でもやってみよう、味わえるものは何でも味わおう。大いに楽しめるだけ楽しもうと、そんなことを星空を見ながら考えて歩いていた。

住宅街を抜けると、ショッピングセンターにつながる大通りに出た。しばらく行くと、行く手の方からダンスミュージックが流れてきた。冷たい大気の中に眠る、静かなはずの夜の街にダンスミュージックだけが流れている。

やがてＤＩＳＣＯと書かれた大きな看板が見えた。僕らは大通りに面したその店に入っていった。中に入ると、音は外よりも何倍も大きく、大音量の音楽が耳を圧した。ダンスホールの中は暗かったが、赤や青や緑の照明がダンスホールの中心に向かって明滅していた。

カルルが僕の耳元で「レッツ　ダンス！」と叫んだ。僕らはダンスホールの中心まで入って行って、そこで輪になって踊った。カルルは腰を大きくふり、手を上下に左右に揺らして、自分の世界に入り込んだように踊りに熱中した。エフィもアランもステファンも踊り慣れているようで、リズムに合わせてうまく踊っている。

僕は人前で踊るのが気恥ずかしかったからか、どう楽しんでいいかわからず、戸惑いながら踊った。手も足も腰もリズムに合わせて、どう動かしていいかわからなかった。とにかく突っ立っているわけにもいかないので、リズムに合わせて体を揺らしていた。

アランが僕に近づいてきた。僕に笑いかけてホー、ホーと大きな声を上げげて、僕の目の前で両手を激しく振って見せたりした。〝さあ、もっと楽しめよ〟って言っているようだった。僕がただそんなアランの姿を黙って見ていると、エフィも僕に近づいてきた。「ハーイ、ホクト。」と声をかけてきて、僕の前で激しく踊って見せていた。〝俺達はこんな楽しい遊びを知っているんだぜ〟ってエフィは僕に自慢しているようだった。

しばらく踊ると、ビンゴゲームが始まった。僕らは踊るのをやめて、踊り場になっている場所を空けて、テーブルに腰を落ち着けた。スーツを着た男が踊り場の中心に立ってクジを引いている。カルル達の周りには、他の仲間たちが集まってきていた。テーブルの周りでお互い、声を掛け合っている。お互いロシア語で話していて、会話の内容は何もわからない。ふとカルルが僕の肩に手をかけて僕の名を呼んだ。振り返ってみると、栗色の髪をした、目の大きい男が目の前に立っていた。アジア人ではないようだった。こんなにぎやかな場所で、彼は妙に冷静でいて、落ち着いているように見えた。

僕らは名を名乗り合い、握手を交わした。彼の名はジロフと言った。カザフスタン人だ。歳は17歳だった。彼の顔は大学で見たことはある。モンゴル語初級科の生徒だ。確かモンゴルに来たばかりのはずだ。僕はカルル達のやり方にならって、握手をした時に大げさにニコッと笑って見せたが、ジロフは口の端にわずかに笑みを見せただけだった。

僕らはテーブルに向かい合って座った。

「どうしてモンゴルに来たの?」

僕はジロフにモンゴル語でそう聞いてみた。

「両親にモンゴルに行くように言われたんだ。」

意外な返答だった。異国へ来る理由として、親のいいつけで来るなんてことは僕にとっては予想外なものだった。僕は、モンゴルの文化や伝統に興味があって、留学中にそれに少しでも触れてみたいんだと伝えると、彼は彼で僕の返答が意外なようだった。

僕らが話していると、1人の女性がジロフの横に座った。ちょっとこの場に場違いな長いスカートをはいた女だった。このディスコに来ている女たちは短いスカートに、胸の開いた服を着て、ノースリーブで腕を見せている女も多かった。栗色の長い髪はパーマをかけてあった。小さな目に小さな口をして、僕をじっと見つめると、

「私の名はレジナ。よろしく。」

　そう言って手を差し伸べてきた。僕も名を名乗って、手を差し伸べた。レジナは僕の手を握ると、ぐっと手に力を入れて目を細めて僕を見た。彼女もカザフスタン人だった。彼女もモンゴル語初級科の生徒だ、大学で顔は見たことがある。

「レジナ、君はどうしてモンゴルに来たの？」

　僕はジロフにしたのと同じ質問をした。

「親にモンゴルに行けと言われたの。」

　ジロフと全く同じ答えが返ってきた。僕は目を丸くした。

　僕らはその間、1瓶のウオッカを4人で分けて飲んだ。メニューを見ると、酒屋で買うよりウオッカは5倍も値段が高かった。カルル達がディスコに行く前に、外でウオッカを飲んだ理由がわかるような気がした。

　ビンゴゲームが終わると、僕らはまたテーブルを離れて踊った。立ち上がると僕は頭がクラクラした。わけもなく僕はヘラヘラ笑っていた。ジロフもレジナも僕のすぐそばまで来て踊った。ジロフは手を小さく振って控えめな踊り方をした。レジナは髪を振り乱し、時々体を1回転させたりして踊っていた。僕はただリズムに合わせて、両手をあてずっぽうに振り回して踊った。

　ふと見ると、レジナの肩に手を当てて、誰か話しかけている。話しかけているのは長い栗色の髪をして水色のワンピースを着た女だ。レジナの何らかの言葉を受けて、その女は垂らした長い髪を小刻みに左右に揺らしている。それからレジナの腕を引っ張っている。それから周りの様子を伺うように、その女はあたりを見渡した。その時、僕はその女の顔を見た。その瞬間、僕は酔って浮わついた気分が一掃されるように感じた。その女はまるで遥か遠くを眺めてるような、澄んだ、大きな瞳をしていて美しかった。僕は酔いにまかせてヘラヘラ笑うのをやめて、その女の姿を眺めていた。女はまたレジナの方を向いて、腕をさっきより強く引っ張っていた。レジナが観念したようにうなずいて、2人は踊り場から離れて行った。僕はその姿を2人が人ごみに紛れるまで見ていた。

「ねえ、ジロフ。さっきまでレジナと一緒にいた子は誰だい？」

　僕はすぐ近くにいたジロフに声をかけた。

「レジナといた子？ああ、サビーナさ。」

　ジロフが僕の方へ振り返って、躍りながら答えた。

「サビーナ？どんな子なの？カザフスタン人かい？」

「そうさ。あの子はカザフさ。大学2年生で中国語を勉強しているよ。」

「ふーん。そうか、カザフかあ……。」

僕はまるで水に揺られるように、体をリズムに合わせて揺らしながら答えた。

だいぶしてから僕は、他の仲間達と一緒にいるジロフに別れをつげ、カルル達とその店を出た。店を出て歩いていると、アランが僕の肩を叩いて、それから僕の肩を抱いて言った。

「ホクト。楽しかったろ。楽しかったろ。」

そう言って、大きな口を開けて笑った。

寮に帰り着くと、寮の玄関の木の扉は閉まっていた。アランが激しく扉をガンガンと叩いた。しばらくして受付の遅番のおばさんが扉を開けてくれた。顔をしかめて僕らを眺め、早口で大きな声でまくしたてた。「エグチェー（おばさん）、エグチェー」と叫びながら叩いている。何を言っているのか、いまいちわからなかったが、〝こんな遅くまで何をしてたんだ。もっと早く帰ってこなきゃダメだろう。〟とでも言っているのだろうと思った。時計を見るともう午前2時を回っている。

僕らはごめん、ごめんと頭を下げながら、エントランスを抜けていった。それでもおばさんはしつこく後ろで何か言っていたが、カルル達はもう何も聞いていなかった。僕は何だか不良になった気分だった。

その翌日からジロフは毎日のように僕の部屋に来た。ジロフは寮の2階に住んでいた。夕方5時くらいに来ることが多かった。時々はカルルもジロフと一緒に来ることがあったが、たいていはジロフは1人で僕の部屋に来た。

僕はいつも授業が終わると、昼食をとって街の中を歩き、3時には家に帰ってモンゴル語の勉強をしていた。その日の授業の復習をして、それから会話集の会話を暗記していった。時々モンゴル語の文法がどうにも理解できない時は、同じ寮内に住む日本人の男の部屋に訪れ、教えてもらった。その日本人はモンゴル留学3年目に入っていて、モンゴル語が堪能だった。モンゴル語を話す機会は山ほどあったから、その日覚えたモンゴル語の単語やフレーズをその日のうちに実地に使ってみることも多かった。

夕方机に向かって勉強に熱中していると、戸を叩く音がして、ドアを開けると、ジロフがいつもそこに大人しく立っていた。ジロフはその際、必ず握手を求めてきた。ジロフは決してドアの敷居ごしに握手はしなかった。僕がついドアの向こう側にいるジロフに向かって手を差し伸べると、そんな時ジロフは手招きして、僕が廊下に出てから握手するか、ジロフ自身が僕の部屋に入ってから握手をした。敷居越しに握手するのは、縁起が悪いらしいのだ。

ジロフが初めて僕の部屋に来た時、ジロフは僕の部屋を見渡してこう言った。

「君の部屋はどうして散らかってるの？」

僕の部屋はモンゴルに来てから3週間経っているにも関わらず、ほとんど片付いていなかった。クローゼットだけはこちらに住み始めてすぐに学生寮から支給されたが、本棚も戸棚も部屋に置いてなかったから、本はまだ旅行用バックに詰め込まれたままだったし、食器や調理道具も部屋の床の隅に置いてあった。パジャマはベッドの上に脱ぎ捨ててあった。ジロフが僕の部屋に足を踏み入れて、まず気になったのはその散らかりようだったようだ。

僕はその後だいぶしてから、2階にあるジロフの部屋に訪れたが、ジロフの部屋はきれいに片付いていた。床には絨毯が敷かれていた。棚が部屋の隅に置かれてあって、食器類はそこに入れてあった。ベッドは決して剥いだままになっていたりせず、布団が皺ひとつなく、きれいに敷かれていた。またさらに後になって、ジロフが定期的に、部屋に掃除機をかけているのも知った。これはジロフの部屋だけがそうなのではなく、カザフスタン人は男でも女でもきれいに部屋を片付けていた。

僕が初めてジロフを部屋に招き入れた時、キョンと同じようにトランプゲームをやった。僕らはトランプゲームを通して徐々に打ち解けていった。ジロフは口を大きく開けて笑うようになった。ババ抜きなんかをやっていると、お互い相手のカードが何かを読み合って、目を交し合う。相手の裏をかいたりかかれたりして、してやったりと得意がったり悔しがったりする。トランプゲームを通して、僕らは勝負の高揚感を共有し合う。

ジロフはお互いがトランプゲームに熱中して、それを楽しみきれたと思えると、それを確かめ合おうとするように、

「ヘイ、ホクト！」

と言っていつも右の掌を上げた。僕も同じように右手の掌を上げると、それをバチンと勢いよく叩いて、僕を見つめたまま、にこっと笑うのだった。

モンゴルへ来て3カ月もすると、僕は毎日のようにジロフやカルルと一緒にいるのが当たり前のようになった。週末になると、僕らはいつもディスコへ行って踊った。やがて、

ジロフやカルルとの繋がりで寮の1階と2階の住人のほとんどと顔見知りになった。

ジロフが毎日のように僕の部屋に来るようになってから、キョンはぱったりと僕の部屋に来なくなった。モンゴル語初級科のクラスで顔を合わして、少しばかり言葉を交わし合うだけの関係になってしまった。一度、寮の廊下でキョンが部屋から出てくるところに出くわした。僕が親しげに挨拶すると、キョンは僕とどの程度、親しく付き合うべきか迷うような顔をしていた。それでもキョンは僕の傍にかけよると、僕に一言忠告した。

「あいつらは悪い奴らだよ。酒ばっかり飲んで、いつも喧嘩ばかりしてるんだ。」

キョンはそんなふうに僕の友達を悪く言った。いつも僕の部屋にブリヤード人やカザフスタン人が出入りするのを見ていて、にがにがしく思っていたのだろう。

「そんなことないよ。なかなかいい奴らだよ。」

僕がそう言うと、キョンはあからさまに顔をしかめた。

キョンの言いたいことはよくわかっていた。僕の友達は確かに非常識な奴らが多かったし、危険な奴らだとも思っていた。

以前、真夜中の2時くらいにエフィとカルルが僕の部屋に来たことがあった。僕はベッドに入ってすっかり寝ていたのだが、部屋のドアをドンドン激しく叩く音に目が覚めた。

ドアを叩く音がしてからも、しばらく僕は夢の中にいて、この音が現実のものなのか、夢の中でのことなのか、ウトウトしていてわからないでいた。それでも延々と響き続けるドアを叩く音に目が覚めて、この音が間違いなく現実の音なのだということに気づいた。

ドアを開けてみると、ベロンベロンに酔っぱらったカルルとエフィが肩を組んで、ヘラヘラ笑いながら、そこに立っていた。こんな真夜中に何の用かと、僕は言葉もなく訝しげに彼らを眺めた。

「やあ、ホクト。煙草がないんだ。煙草を1本くれよ。」

カルルがそう言った。2人を眺めていると、僕をこんな真夜中に叩き起こしてしまって、申し訳ないといった気持ちは微塵もないように思えた。これが彼らにとって普通のことなのだろうと理解して、僕は別に怒りはしなかった。

2階にはアル中のカザフスタン人が2人いた。僕はそのうちの1人が、2階のどこかの部屋で大声でわめいているのを聞いたことがある。もう1人はジロフと仲のいいカザフスタン人だった。名をカディロフと言った。アメフト選手のように背が高くて、がたいのいい男だった。映画スターにでもなれそうなくらいの美男でもあった。

彼はよく僕の部屋に金を借りに来た。初め、1万トゥグルグ（約千円）貸した。来週返すからと言ったが、その日になっても返さなかった。それどころかそれから何日かすると、次の週には必ず返すから、さらに1万トゥグルグを貸して欲しいと言われ、僕はさらに1万トゥグルグ貸した。しかしその金もいつまでたっても返さなかった。僕は彼がそのまま借り逃げしないように、廊下で顔を合わすたびに金を返してほしいと彼に言った。それからしばらくしてから、彼はまた僕の部屋に来た。さらに1万トゥグルグ貸してほしいと言うのだ。僕は黙って首を横に振った。もう僕にも金がないのだと言ってやった。彼にさらに1万トゥグルグ貸してやっても、全部合わせて日本円で3千円ほどにしかならない。しかし3万トゥグルグはモンゴルの物価から考えると大金だった。モンゴルは米1キログラムが500トゥグルグ（約50円）の国なのだ。3万トゥグルグあれば60キログラムのコメが買える。日本人は簡単に大金を貸してくれて、返さなくても口から出まかせを言っておけば、うやむやに出来るとでも思われているのだとしたら、癪に触る。

僕が首を振ると、彼はうつむいて、しばらくそうしていてから、おもむろに顔を上げてこう言った。

「実は母が大病を患っているんだ。薬を送ってやりたくても、僕には金がない。頼むよ。ホクト。金は必ず返すから、金を貸してほしい。」

僕が本当なのかと聞くと彼は目をつぶって、小さくうなずいた。僕はそういう事情なら仕方ないと思い、さらに1万トゥグルグを貸してやった。

その日、またモンゴル語を習いに、寮に住んでいる日本人の部屋に行った。

「カディロフの母親は大病らしいですよ。僕、カディロフが可哀想だったんで彼の頼み通りに1万トゥグルグを貸してやりましたよ。」

僕がそう言うと、彼は即座にこう言った。

「星君はバカだなあ。そんなのウソに決まってるじゃない。彼はアル中なんだよ。今頃、借りた金でウオッカを飲んでるに決まってるよ。」

僕は呆然として天井を眺めた。今までの彼の言動を思い返してみた。彼はことごとく約束を破っていた。そのくらいのウソを平気でついていても不思議ではなかった。

その日本人はカディロフのことをよく知っていた。話を聞いてみると、寮にいる日本人の間で一番評判の悪い男だということだった。以前彼に脅されて何度も金をとられた日本人の男がいて、その日本人はそれが原因か知らないが、留学を取りやめて日本に帰ってしまったという話も聞いた。

僕は、日本人はだましやすく、簡単に脅しに屈する弱虫だと思われているのだろうという気がした。日本人をなめるなと言ってやりたかった。絶対にカディロフからは金を返してもらおうと僕は思った。

年の瀬が迫って来ていた。学校は12月の下旬から冬休みに入っていた。出かけるのが非常に億劫になる季節だった。この季節、モンゴルでは昼間でも気温はマイナス20度くらいで夜になるとマイナス40度くらいまで気温が下がった。

僕はモンゴルに来て4カ月も経ったのに、いっこうに思うようにしゃべれない自分の語学力に焦りを感じ始めていた。寒いということもあったが、冬休みになると僕は勉強のために、ほとんど外出せずに部屋に引きこもった。時々はジロフやカルルが僕の部屋にやってきたから、それほど孤独も感じなかった。

しかし3日も続けて部屋に引きこもっていると、土の奥深くにもぐり込んでいるモグラのような気分になり、窮屈に感じて外の空気を吸いたくなった。

僕はその日の昼下がり、股引を2枚はき、その上にジーパンをはいた。靴下も2枚はいた。ジャンパーの上に綿の入った厚ぼったいコートを着た。首にはマフラーを巻き、頭には毛皮の帽子をかぶった。手袋も2枚はめた。

学生寮のエントランスを抜けて玄関を開けると、冷たい大気に頬の神経が麻痺しそうなぐらいのピリピリした冷たさを感じた。吐いた息が白くなって、上に昇ってたちまちに消えていった。空は晴れ渡っていて透明で青かった。

ラマ寺に沿って歩きだすと、向こうからジロフが歩いて来ていた。ジロフはつぶやくような声で僕に挨拶すると、寒そうにマフラーに顎をうずめて、しぶい顔をしながら右手の革の手袋を脱いで僕に握手を求めた。僕がジロフの手を握りながら、どこへ行っていたのかと聞くと、カザフスタンの友達の家に行っていて、その友達が酔っぱらってつまらない話ばかりするから、うんざりして帰って来たのだと言った。

「なあ、ジロフ、一緒に歩いてガンダン寺へ行かないかい?」

僕は大きな仏像のあるガンダン寺へ一度行きたいと思っていたから、そう言ってジロフを誘った。するとジロフは僕の方へ目を上げてこう言った。

「僕はイスラム教徒だから、寺へは行かないよ。」

「そうか……。とりあえず一緒にどこかへ行こうよ。寮にいても退屈だしさ。」

僕らは大学へ向かう道を歩き出した。その途中にある石畳の道は霜が降りていて、苔の生えたように、ところどころ白くなっていた。僕らは寒さに耐えるように、背を屈めて並んで歩いた。子供がボール遊びなんかができそうな、ちょっとした広場を横切っている時、ジロフが小石か何かにつまずいて、前につんのめった。

するとジロフは立ち止まって、僕を呼び止めた。僕が振り返ると、ジロフは僕の目の前に右の掌を差し出した。

「ホクト。ここを2回叩いて。」

僕はわけもわからないまま、言われるままにジロフの右の掌を右手で2回叩いた。

「よし、じゃあ行こうか。」

ジロフはそう言うと、また歩き出した。きっとこれはカザフスタンのまじないか何かなのだろうと思った。道でつまずくことは、何か不吉なことであり、それを解除するおまじないが右の掌を誰かに2回叩いてもらうことなのに違いない。ジロフは決して真面目な学生ではなかったが、こういうことに関してはくそ真面目だった。このおまじないを行わないと、本当に不吉なことから逃れられないと信じ切っているような感じだった。いつかジロフの部屋に行った時、ジロフが上着を前と後ろを反対に着ていたことがあった。ジロフはそのことに気づくと、僕に右の肩を叩いてくれと頼んできた。これも不吉なことから逃れるためのまじないなのだろう。

足元の土が凍っていて石のように固かった。僕は意識して頻繁に瞬きをしていた。目に溜まった涙が凍りそうだった。すべての生物がこのままこの外気に触れていたら、死に絶えてしまいそうな気候だった。地獄……。ふとそんな言葉が頭によぎった。こんなに空が青くて、澄み渡っているのにと僕は不思議な気がした。

「ねえ、ジロフ。カディロフがさあ、お金を返さないんだ。いつも、いつもいつまでにはお金を返すって固く約束するんだけど、いつも約束を破るんだ。」

僕はジロフがカディロフのことをどう思っているのか、気になっていた。

「カディロフはさあ、嘘つきなんだ。カディロフにはもうお金は貸さないほうがいいよ。」

ジロフは前を向いたまま、そう言った。僕は最近、こんなカディロフの噂を聞いた。カディロフが自分の彼女を顔に痣ができるくらい、ボコボコに殴ったというのだ。僕はジロフの横顔をチラッと見て、ジロフももしかしたら、カディロフには手を焼いているのかもしれないと思った。

僕らは大学の前を通り過ぎて、大通り沿いのロシア風の喫茶店に入った。なかなかしゃれた店で、床もテーブルもカウンターも木製で褐色だった。案内された座席に腰をおろして、テーブルの上に手を置くと、テーブルの表面は漆を塗ったように、つるつるしていた。

店内はもちろん暖房が効いていて暖かかった。

僕らはビーフストロガノフとボルシチと、それからピロシキを2つ注文して分け合って食べた。食べながらロシアの、味の濃いビールをジョッキで飲んだ。

「なあ、ジロフ。ジロフはカザフ語が話せるのかい？」

僕は凍りつくような寒さから、この喫茶店に逃れて落ち着いたところで、ジロフにこう聞いた。

「え、なんだって？ホクト。僕はカザフスタン人だよ。カザフ語は話せるよ。当たり前じゃないか。」

ジロフはむきになってこう言った。僕に母国語が話せるかどうかを疑われるだけで、ジロフは我慢がならないといった感じだった。

「でも、ジロフはいつもロシア語を話しているじゃないか。」

僕はジロフに睨まれたので、言い訳するように言った。

「そりゃあ、ロシア人やブリヤート人やウクライナ人を交えて話す時は、ロシア語を話すよ。でも、カザフスタン人同士で話す時は、カザフ語で話しているよ。」

ジロフは早口にそう言った。旧ソ連圏の人達にとって、ロシア語は標準語みたいなもののようだ。

　カザフスタン人がカザフ語が話せる。それは確かに当たり前のことだ。日本人が日本語が話せることが当たり前のように。しかし、当たり前でないことが現実にはあるのだった。僕はあることを思い出していた。そしてその時、僕の心に強く引っかかっていたことが急に頭をもたげてきた。僕はそこに深い深い悲しみを見たのだった。僕はそのことにとらわれて、しばらく会話のやりとりも忘れて、下を向いたまま沈黙していた。

「でもねえ、ジロフ。ブリヤート人の多くはブリヤート語が話せないんだ。」

　僕はうつむいて物思いにふけったまま、ジロフにそう言った。

「うん、僕もそれは知っているよ。」

　ジロフは一言そう言うと、僕の様子をじっと見守りながら黙っていた。

　あるブリヤート人は生まれてから、家庭でも学校でもロシア語しか話してこなかったと言った。だからブリヤート語が話せないと言った。僕はそれを聞いて想像した。もし仮に僕が日本に生まれていながら、日本語が話せないとしたら……。ひらがなもカタカナも漢字も読めなくて、書けなかったとしたら……。もしそうだったとしたら、僕はいったい何者だろうか？

カルルはブリヤート語が少しは話せるようだったが、それでもロシア語ほどには話せないようだった。カルルはウランバートルの街で、モンゴルの民族衣装を着た男が、馬に乗っているのを見て笑った。モンゴルは首都でも馬に乗っている奴がいるのか、ロシアにはそんな奴はいないと言って笑っていた。だが、ブリヤート人はもともとモンゴル系民族で、歴史的にも文化的にもモンゴルに近く、逆にロシアのそれとは相容れないもののはずだった。

ジロフが沈黙を破ろうとするように、こう話しかけてきた。

「なあ、ホクト。僕は最近、モンゴルにいるカザフ族に出会ったんだ。お互いカザフ語で話したよ。僕がカザフスタンのアルマトイから来たんだと言うと、彼は『ああ、君はロシアンカザフだね。ロシア語を話すんだろう。』って言ったんだ。僕はびっくりしたよ。そして腹が立った。ロシアンカザフっていったい何なんだと思ってね。」

ジロフはいつもこうだった。自分はカザフスタン人で、カザフという民族で、自分はイスラム教徒なんだということを、いつも僕に強調して話していた。

「ねえ、ジロフ。ジロフはカザフスタンが好きかい？」

僕はジロフにそう聞いてみた。

「ああ、好きさ。だって自分の国だもの。ホクトは日本が好きかい？」

日本……。僕の生まれた国……。日本。僕は首をかしげながら考えた。

「よくわからないなあ。モンゴルに来る前は、あまり好きじゃなかったけど……。今は何だか嫌いともはっきり言えないなあ。モンゴルにいるせいか、日本が恋しくなるし、懐かしくもなるんだ。」

僕は実際、日本に住んでいる時は日本が好きじゃなかった。憎んでさえいた。日本人のほとんどが高い理想を抱いていないように思えた。人の目ばかりを気にして、人に同調することばかりを考え、その中で安楽に生きられればいいとだけ考えているように思えていた。だからこそ、僕はモンゴルに来て、もっと違う生き方を知りたいと思ったし、もっと大切な何かを探したいとも思ったのだ。

僕はしばらく考え込んでいたようだ。ふと目を上げると、僕を思いやるようにジロフが黙って、じっと僕を見ている。僕はそこにジロフがいることも忘れたように、物思いに耽っていたことに気づいて、てれ隠しにふふふと笑った。

「ねえ、ジロフ。ジロフはここ1、2カ月、いつも授業をさぼっていただろう。大学でジロフを見かけなかったものね。どうしてもっと真面目に勉強しないんだい？せっかくモンゴルに来たのに。」

僕はさっきとは打って変わって、努めて明るい声を出してジロフにこう聞いた。

「だって、寒いんだもの。大学まで行くのが面倒くさいんだ。」

ジロフの言うことは一つ一つがいまいちよくわからない。寒いから大学に行かないなんて、平然というようなキャラには見えないのに。

「でも、ジロフは僕よりモンゴル語が上手だよね。」

「それはホクトがモンゴル人の友達を作らないからさ。僕はいつもモンゴル人と会って、話しているよ。モンゴルの女の子とも何人か知り合ったしさ。」

僕は軽くふうとため息をついた。僕はブリヤート人やカザフスタン人やウクライナ人、それと韓国人、中国人とは学生寮内で知り合って、それなりに仲良くやっていたけれど、モンゴル人とはなかなか知り合えないでいたのだ。

「そんなこと言ったって、どうやってモンゴル人と友達になったらいいのさ。」

僕は仏頂面をして愚痴をこぼすように言った。

「自分から話しかけていかなくちゃ駄目さ。ディスコなんかで、モンゴル人の女の子に声をかけてみるのさ。一緒に踊ろうよって声をかけるんだ。今度一緒にディスコに行ったら、どうやったらいいのか、教えてやるよ。」

教えてもらっても、自分から声をかける自信はない。僕は目をつぶって、うーんとうなって見せた。ジロフは僕のそんな姿を見て、声を上げてアハハハと笑った。

ジロフは僕といる時、こんなふうによく笑った。僕が驚いたり、感心したり、嫌な顔をして見せたり、興味を示したり、そんな僕の反応一つ一つを見て、ジロフはよく笑った。

以前こんなことがあった。大学からの帰り道、僕は何か考え事をしていて足元を見つめながら歩いていた。そのせいでジロフとカルルが近づいてくるのに気づかなかった。するとジロフはわざと腰を屈めて、僕と顔を合わせないように近づいてきて、僕の目の前まで来ると、「うらあ」と急に大声を張り上げて、僕につかみかかろうとするふりをして見せた。僕は通り魔が襲いかかって来たかのように感じて、震えあがり「うわあああ」と反射的に大声を上げてのけぞるように2、3歩退いた。しかし、しばらくして僕は僕の体に何の危害も降りかかって来ていないことに気づく。ふと我に返って、前を見るとカルルとジロフが腹を抱えて笑っていた。

今月はカルルやジロフやアラン達と一緒に、ウランバートルで一番大きなディスコへ行った。休憩を挟むように、合間にストリップショーが行われた。目の細い典型的なモンゴル人顔で、胸もお尻も実った果実のような、豊満で体系のいい踊り子が光沢のある赤一色のチャイナドレスを着て、踊り場の中央に立った。ゆったりとしたテンポの音楽が流れると、踊りながらその踊り子は服をゆっくり一枚一枚脱いでいった。

僕らはその時、踊り場を見下ろす2階のテーブル席でビールを飲んでいた。

「こんなに遠くちゃよく見えないや。僕は下に降りて近くで見てくるよ。」

僕はそう言って1人テーブルを離れた。するとそれを見ていたジロフは手を叩いて、キャッキャキャッと騒ぎ立てた。ホクトの意外な一面を見たぞって言って、騒いでるように見えた。1階に降りて、じっと踊り子の姿を見ていると、僕を呼ぶ声がした。見上げると、2階の観客席からジロフが身を乗り出して、はしゃいだ様子を見せて叫んでいた。

「ホクト。ホクト。お前、女の体が好きだなあ。」

まるでお笑いコントを見ているように、僕を上から眺めてゲラゲラ笑っている。ジロフにとっては、ストリップやってる踊り子よりも、僕の方がよっぽど見世物になっているかのようだった。

またある時、僕はジロフの部屋を訪ねた。ジロフはカザフスタンから持ってきたアルバムを見せてくれた。そこにジロフが軍服を着ている写真があって、それが一番僕の興味を引いた。ジロフにいろいろ尋ねると、ジロフは喜んで軍事演習の様子を僕に語ってくれた。

「初めて銃を手にして打った時は、ゾクゾクしたよ。」

ジロフはそう言って、銃を構えるしぐさをして見せ、ズドドドッと銃を乱射する時の音を口に出して見せたりした。僕がへええと声に出して感心すると、ウフフフフと笑った。ジロフは僕より5歳も年下だったけれど、いつも落ち着いていた。ウオッカを飲んでも、ディスコで踊っていても、破目を外すことはなかった。ふざけていても、有頂天になって周りが見えなくなるといったこともなかった。

またジロフは何かと僕にかまいたがった。引っ込み思案でシャイで臆病で無知な僕の背中を何かと押してくれようとした。先月、僕が防寒具と毛布を買いに行くと言うと、ジロフは僕にこんなことを言った。

「いいかい、ホクト。相手の言い値で買っちゃ駄目だよ。ちゃんと交渉して、安い価格にして買うんだよ。僕が見本を見せてあげる。一緒に行こう。」

ウランバートルにはザハと呼ばれる青空市場があり、大きな広場に簡易なテントをいくつも張って、いろんな物が売られている。衣料品、電化製品、食料品、日用品に至るまで売られている。ちょっとした食堂もある。デパートで買うよりはるかに安い。ジロフと2

人してそこへ行くと、

「ねえ、お兄さん。この毛布いくらで売ってくれるの？」

ジロフはそんなふうに売り手にきさくに声をかけて、値段交渉してくれた。おそらく防寒具も毛布も実際の値段の半分か3分の2ぐらいの値段で買えただろう。

窓の外を厚ぼったい服に体全体を包んだ人達が歩いているのが見える。師走のウランバートルは時間がゆっくりと流れていた。僕は時々、思い巡らすようにして言葉少なくなりながら、ジロフと話をしていた。僕らは、もうとっくに食べ終わって、3杯目のビールジョッキを傾けていた。

「ねえ、ホクト。あと1カ月ぐらいしたらさあ、僕はこうしてビールを飲んだり、煙草を吸うことも出来なくなるんだ。ディスコへ行って踊ることも出来なくなる。」

ジロフが笑みも無く、しんみりした調子でそう言うので、僕は驚いてその理由を知りたくなった。

「どうしてさ？」

「ラマダンだよ。イスラム教徒は決まった時期にラマダンと言うのがあるんだ。その期間は毎日、日が沈むまでは何も食べられない。何も口に出来ないのさ。水も飲めないんだ。

酒や煙草や派手な遊びは昼夜関係なく、やってはいけないしね。ラマダンは1カ月以上も続くんだよ。」

僕は椅子にかけたまま軽くのけぞってへええと言ったが、その後僕は言葉も無く、ジロフの顔を眺めた。ジロフが厳粛な気持ちで守ろうとしているものを見つめるように、ジロフの顔を見つめた。そんな厳しい掟を守らんとする、神聖で強固な意志はどこから生まれてくるのだろうと思った。

ジロフとこうして向き合って言葉を交わしていると、いつまでも話はつきなかった。

大晦日の夜、僕は日本の留学生3人と一緒に、モンゴル人の家に訪れた。留学生3人のうち2人は男で1人は女だった。僕らはだいたい同じくらいの歳だった。何の予定もなかったから、同じ寮内に住む留学生の男に誘われると、何となくついていった。そのモンゴル人とは会ったことがなかった。女の友人らしかった。その女は留学2年目でモンゴル人とは多くの知り合いがいるようだった。

モンゴル人は同じ大学に通う、他の学科の生徒らしい。住まいはマンションだった。

そのモンゴル人は、喧嘩したら誰も勝てっこなさそうな、ごつくてがたいのいい男だった。名をドルジと言った。腕力だけで多くの男を支配できそうだった。この男を連れてカディロフに会いに行ったら、カディロフは素直にお金を返してくれそうな気がした。

しかしこの男は自分の力や自分が人に与える印象には全く無自覚であるかのように見え、僕らが訪れると、子供のように満面の笑顔で僕らを迎えた。

僕らは彼が運んできた料理をテーブルでご馳走になった。肉と野菜の入ったあっさりした味わいのスープとボーズ、ポテトサラダなどを食し、そしてウオッカを飲んだ。

にぎやかな食卓になった。僕以外の3人の留学生はモンゴル語が堪能で、軽い冗談を交えて話をし、常に笑いが絶えなかった。ドルジは上機嫌で無邪気な笑顔を絶やさなかった。3時間が過ぎ、4時間が過ぎた。僕はカルルやジロフがどうしているだろうかと気になったが、こんなにうれしそうにしているドルジの顔を見ていると、途中で帰るとも言えなくなってしまった。

「このボーズ、すごくうまいなあ。」

僕がそう言うと、ドルジは僕の肩に手を置いて、こう言った。

「またいつでも遊びに来てよ。またごちそうするからさ。」

少しずつではあったけれど、ウオッカをけっこう飲んだ。女はすっかり酔いが回って、ソファーに寝っ転がって眠ってしまった。

僕は会話の中にはなかなか入っていけなかったけれど、ドルジの顔を眺めていて、つくづく不思議に思った。僕以外の留学生はモンゴルの流儀でドルジと接しているようだった。ここには気がねや遠慮がなかった。人の顔色をうかがうということがなかった。ことさら感謝の気持ちを口にする必要もないように思えた。ただ自由に楽しく振る舞っていれば、それだけでドルジは喜んでくれるような気がした。

0時近くになると、寝ていた女を起こして、僕らは5人でスフバートル広場へ行った。広場には建物や動物や人を模った氷の彫像が、あちこちに作られていた。広場の外灯がその彫像を照らし出している。そこには多くの市民が集まっていた。

やがて、どこからかカウントダウンの声が上がった。そして「新年明けましておめでとう」と誰かがマイクで叫んだ。それと同時に広場のあちこちで人々が手に持った打ち上げ花火を空めがけて飛ばした。あちこちで歓声が上がった。

僕は夜空を見ながら考えた。留学生活もあと8カ月。その間に何か大きな発見をしなければと。

元日の昼頃、僕は目を覚ました。とりあえずカルル達がどうしているかを知りたかったので、着替えるとさっそく階段を降りていった。2階の廊下に出て、カルルの部屋の前まで行くと、なんとドアがなかった。よく見ると、ドアの丁番が外れて部屋の内側にドアが倒れている。僕はおそるおそる「サィン　バィノー」と言いながら、ゆっくり中へ入って行った。見るとカルルがうなだれてベッドに腰掛けている。カルルはチラッと僕を見上げて、かすれるような声で挨拶を返すと、またうなだれてしまった。あたりを見渡すと、本や割れた食器やグラスや服や写真立てなどの小物や、部屋の中のあらゆるものが散乱していた。本棚や食器棚が横に倒れて、ブルドーザーで踏みつぶしたように、ぐしゃぐしゃにつぶれていた。台風に見舞われて、倒壊した家屋のようだった。

「カルル、いったいどうしたんだい？」

僕がそう言うと、カルルは黙ったまま首を横に振っただけだった。まるで恐怖と戦っていて、僕と話す余裕などないといった感じだった。

その時、廊下からアランが部屋に入ってきた。いつも僕に見せてくれる笑顔がなく、沈んだ表情をして、口元をキッと結んでいる。

「やれやれ、警察が必要だな。」

アランは投げやりな感じでそう言った。

「アラン、いったい何があったんだよ？」

僕はそうアランに聞いてみた。

「いやあ、昨夜ここで皆でウオッカを飲んでいたら、1人のブリヤート人が酔っぱらって部屋に来てね。部屋の外でドアを激しく叩いて、『中へ入れてくれ』って叫んでたんだけど、そいつ酒癖が悪くて、癇癪をすぐに起こすし、せっかくの賑やかな集まりがつまらなくなるからさ。みんなして無視してたんだ。しばらくしたら留守だと思って諦めて帰ると思ってたんだけど、いつまでもそいつはドアを叩き続けて、『入れてくれよ』って叫んでるんだ。僕らは息を殺してひたすらそいつが帰るのを待ってた。次第にそいつは声を荒げて『何で俺だけ入れてくれないんだ。俺も同じブリヤート人じゃないか。アラン、カルル、ステファン。お前らそこにいるんだろ。開けてくれよ。おい。』って言ってさ。それでも僕らは無視してたんだ。」

アランはそこまで話すと、その時のことを思い出したかのように、顔をしかめた。悲しげな顔をした。僕はうなずきながら、じっと耳を傾けた。

「僕らはあまりに長く無視し続けたせいもあって、今さら開けてやることも出来なかった。

ひっこみがつかなかったんだ。とうとうそいつは癇癪を起し始めた。『ふざけるなよ。お前ら。そこにみんなして集まってるのはわかってるんだ。俺だけのけものにしやがって。おい、カルル、ステファン、エフィ。聞こえてるんだろ。お前ら俺をこけにしたな。さっさと開けねえとぶっ殺すぞ、おい。』って言ってさ。ドアに体当たりし始めたんだ。エフィなんか、顔を真っ青にしてブルブル震えだしてさ。そしてとうとうそいつはドアを叩き壊して入って来たんだ。僕らはその直前にベランダに出て、隣のベランダに乗り移りながら逃げたんだ。カディロフの部屋を通って廊下に出て、1階に降りて一目散にエントランスを抜けて、そのまま外に出た。彼が部屋に入って来た時には誰もいなかっただろうね。それから僕らは僕の友人の家に泊めてもらって、さっきここに帰ってきたんだ。そしたらこの有様さ。そいつは昨夜、1人この部屋にいて、腹いせに暴れまくったんだろうね。いかれた野郎さ。あのまま部屋にいたら怪我人が出たよ、きっと。」

僕は黙ってうなずいた。言葉が出てこなかった。ロシア系の人間はとにかく血の気が多くて、酒癖が悪くてすぐに喧嘩をする。僕もそのうち似たような危険な目に合うかもしれないと思った。彼らと付き合う以上、覚悟はしておく必要がありそうだ。

僕はカルルの肩に手をかけて声をかけた。

「なあ、カルル。外へ行こうぜ。そうだ。飯でも喰いに行こう。なあ、カルル。」

僕らは外へ出た。寮の玄関を開けた瞬間、僕は陽光の眩しさに目を細めた。ラマ寺の前にとめた車のボディが陽光を反射して光っていた。吐いた息が煙のようになって昇って消えた。

カルルは押し黙ったまま、僕の隣を歩いていた。僕は、砂利道を靴が踏みしめていく音だけを聞いていた。人通りも少なかった。ゴアンズに入って、ホーショールを食べている間もカルルはあまりしゃべらなかった。

ゴアンズを出ると、カルルはどこかへ行こうと行った。すぐに寮に帰る気にはならないようだった。僕らは何となく歩き出した。僕らが観覧車のある公園に入ったところで、カルルはこんなふうに話し出した。

「僕はロシアは嫌いだ。ウランバートルに来て、暮らしてみて思ったよ。自分が住むべき場所はロシアじゃない。ここウランバートルだなって。」

「うん………。そうか。うーん。」

僕はカルルの言うことにピンと来なかった。自分が住み慣れた国より、異国の方が住みやすいっていう感覚がよくわからない。

「僕はねえ、ホクト。ロシアの軍隊には入らないよ。絶対に入らない。そのうち僕も徴兵されるだろうけどね、僕が軍隊に入ったら母親は悲しむよ。僕の近所の人達も何人か軍隊に入って帰って来たけどさ。ひどいものさ。足が無くなって帰って来たり、腕が無くなって帰って来たりするんだ。僕は大学へ進学して、大学院に入って、それを理由に徴兵の猶予をもらって逃げ続けるんだ。」

公園の中は閑散としていた。観覧車も動いてはいないようだった。植え込みの間の、白い小石が敷き詰められた道が、公園の奥に向かって続いているだけだった。

「ウランバートルはいい。街を歩いていても危険がない。僕らはよくタクシーに乗るだろう。ロシアじゃあ、若い男たちが数人でタクシーに乗ると、降りる時、金を払わないことがよくあるんだ。運転手が金を払えって言っても、数人の男が脅せば、何もできやしないからね。」

「警察に訴えればいいじゃないか。」

僕がそう言うと、カルルは肩をそびやかして言った。

「警察?警察に訴えたって、何もしてくれやしないよ。だいたい警察なんかとは、関わらないほうがいいんだ。奴らは国民を守る気なんかまるきりないんだから。」

僕はカルルが住んでいたウランウデは、余程治安が悪いのだろうと思った。ウランバートルは決して治安がいい街ではなかった。汚い服を着たホームレスの子供たちを見かけることが多いし、喧嘩して顔を腫れ上がらした若者を見かけることもあるし、僕はバッグのポケットに入れておいた金をすられたことがある。ウランバートルに危険がないと感じる程だと、ウランウデは相当に危険な街なのに違いない。

しかし僕は思った。僕とカルルはこうして一緒にいるのに、なんて境遇が違うのだろう。僕は日本から遠く離れた異国へ来ていると言っても、僕を快く受け入れ、保護してくれる母国がある。僕はいつだって日本へ帰れて、そしてずっと日本にいることができる。でもカルルは僕とはまったく違った地盤の上に立っている。

僕らは公園の出口を出ると、タクシーをつかまえて寮に帰った。僕はもう皮膚が麻痺してしまうくらいに、手と足の指の先が冷たくなっていた。

年が明けて1月も半ばになると、僕はある問題に頭を抱えていた。その頃、学校の授業はとっくに再開していた。年末年始に僕に金を借りに来る奴が急増して、僕は10人以上に金を貸していたのだ。この寒さを凌ぐために毛布を買わねばならないだの、授業に使う教科書を買う金がないだの、誰々にプレゼントをするだの、親からの仕送りが滞っているだの、何だかんだ言って金を借りに来た。すべて1階と2階の住人のブリヤート人、カザフスタン人だった。ブリヤート人の1人は年末に金を借りに来て、年明けすぐに返すと約束したのに、なかなか返してくれず、そのまま国に帰ってしまった。

全部合わせても、日本円にして1万円にも満たなかったが、僕は彼らにたかられているような気がして、気分が悪かった。一番の問題はカディロフだった。いったい何度約束を破ったことだろう。馬鹿にされてる気がして、無性に腹が立った。やむをえない理由で返せないのなら、全くかまわないのだが、彼は返す約束をしておいて返さないのだ。

僕はカディロフが必ずこの日には返すと約束したその日に、1日中ずっと部屋で待っていた。バイトの金が入るんだと言っていたから、今度こそ返しに来てくれるような気がしていた。僕は待ち続けた。午前0時を回って僕は失望した。

次の日は日曜日だった。午前10時ごろ、僕は部屋で煙草を吸いながら、空を眺めていた。何度深呼吸しても胸がドキドキして止まらなかった。カディロフは喧嘩でも売らなきゃあ、金を返さないだろう。しかし殴り合いの喧嘩をしたら、おそらく勝てないだろう。あの太い腕っ節に対抗できるとは思えない。カディロフに胆に銘じておいてもらいたいのは、

『日本人をなめるな』というただそれだけのことだった。

僕はカディロフの部屋へ行こうと決めた。カディロフは僕をなめきっているのだ。ほんの少しの怯えもひるみも躊躇も弱気も一切見せまいと思った。お前など少しも怖くはないのだという姿を見せてやらねばならない。僕はそうと決めると立ち上がった。

2階に降りると、廊下には誰もいなかった。僕はカディロフの部屋のドアを叩いた。カディロフが出てくる。本当ならまず謝罪の言葉があってしかるべきだが、カディロフは何食わぬ顔をして僕を見ている。僕はじっとカディロフの目を見ていた。

「カディロフ。いったいどういうことだ。」

僕はカディロフを睨みながら、低い声でそう言った。

「どういうこととは何だ。」

カディロフはそう言うと、いきなり僕の胸倉をつかんで、無言で部屋の奥に引っ張っていった。カディロフもいきなり喧嘩腰だ。僕がここに来た理由がわかっている証拠だった。人目につかない場所となると厄介だが、僕はそれでも構わないと思って、そのままカディロフの部屋に入っていった。

カディロフは僕を部屋の壁に押し付けて、僕の目の前に立っていた。

「カディロフ。お前は嘘つきだな。いったい何度約束を破るんだ。」

僕はあえてカディロフを罵倒する言葉を使った。相手を怒らせないような配慮を一切自分自身に禁じるためでもあった。

「ホクト。いったい何だ。その態度は。嘘つきだと。殴られたいのか。」

カディロフはそう言うと、僕の肩に置いた手に力を入れた。カディロフの指先が僕の肩に食い込んでくる。強い力だなと思った。僕らはそのままずっと睨みあったままでいる。

「いいから、さっさと金を返せ。カディロフ。お前は約束しただろう。」

僕がそう言うと、カディロフは鋭い目で僕を睨んだまま、何か思案しているようだった。

まさにその時だった。同じカザフスタン人のアル中のバエケノフが部屋に入って来た。僕ら2人の様子を見て怪訝な顔をしている。

「よお、バエケノフ。元気かい？」

僕は振り返ってバエケノフと目が合うと、カディロフの存在など忘れたかのように、明るい声でバエケノフに声をかけた。

「ああ、ホクト。元気さ。」

バエケノフは僕とカディロフを交互に眺めながら、答えた。

その瞬間、カディロフの態度が一変した。媚びるような笑みを漏らしさえした。

「ホクト。俺たちは友達じゃないか。ジロフも含めて、俺たちはいい友達だろう。そんな顔をして、金を返せ、返せってすごんでこなくてもいいじゃないか。」

拍子抜けするほどの態度の変わりようだった。

「でも、実際金は返してくれてないじゃないか。」

僕も睨みつけるのをやめて、肩の力を抜いてカディロフにそう言った。

「ごめん、ごめん。今は2千トゥグルグしかないんだ。残りは来週まで待ってくれよ。」

カディロフはそう言って、机の引き出しから千トゥグルグ紙幣を2枚出して僕に渡した。

「わかった。今日はこれでいいよ。来週、ちゃんと返してくれ。僕はこれで帰るよ。」

僕がそう言うと、カディロフはニコニコしながら、僕の肩を叩いて言った。

「なあ、ホクト。今度はジロフも交えて、一緒に飲もう。な、ホクト。」

「ああ、そうだな。それじゃあ。」

僕はもうカディロフに強気に文句を言う必要はないと思った。急に下手に来られても笑い返しも、睨み返しもしなかった。不信の念だけは自分の中に留めておいた。僕は軽く右手を上げて、2人に別れを告げると部屋を出ていった。

それから2、3日後の夕方のことだった。僕は机に向かって辞書を引きながら、モンゴル語の長文の読解をしていた。僕の部屋のドアを叩く音がした。僕はジロフだろうと思いながら、ドアを開けた。ところがそこにいたのは、寮の1階に住むカザフスタン人の女、サビーナだった。

「ホクト。こんにちは。」

落ち着いたゆったりした声でサビーナは挨拶した。僕は自分の部屋の前で、サビーナに声をかけられているこの現実が信じられなかった。僕は今まで廊下で挨拶を交わす以外に、サビーナと口を聞いたことはなかった。

「…………。」

大きく見開いた目が僕の目の前にあった。透き通るような白い肌。かすかに頬にかかった栗色の髪。ニッコリ笑うでもなく、微笑むでもなく、何の思惑も持たないような澄んだ目で、サビーナは眺めるように僕を見ている。

「ねえ、ホクト。部屋の中に入ってもいい？」

僕が固まったように突っ立っていたからだろう。サビーナは何だろうと推し量るように首をかしげながら、こう言った。

「……、ああ、サビーナ。どうぞ。」

僕は我に返ると、部屋のドアを開いてサビーナを中に招き入れた。

サビーナは僕の部屋に入ると、ベッドの上に腰かけた。僕は机の前の椅子に腰かけて、サビーナと向き合った。

「ホクト。ごめんなさい。お金を返すわ。」

「え?」

サビーナは右手に持っていたポシェットから5千トゥグルグ紙幣を取り出して、僕に渡した。僕はサビーナにお金を貸した覚えはなかったから、あっけにとられた。

「1カ月前くらい、レジナがお金を借りに来たでしょ。実はその時、私とレジナは大学の講義に必要なテキストを買わなければならなかったの。でも急な出費だったものだから、私それを買うお金がなくて。それでレジナが私の分も払ってくれたの。でも実はレジナもお金を持っていなくて、ホクトから私の分も含めてお金を借りていたのね。返すのが遅れてしまって、本当にごめんなさい。」

サビーナは本当に申し訳なさそうな顔をしてそう言った。僕はやっと事情が理解できた。

「いや、全然かまわないよ。サビーナ。わざわざ返しに来てくれて、ありがとう。」

僕はそんな風に謝られる程、不快なことをされたとは思っていなかった。

「ねえ、ホクト。あなたはカザフスタンが嫌い？」

サビーナはその問いに僕がどう答えるかに不安を覚えるような顔をして聞いた。

「ううん。嫌いじゃないよ。」

僕はとんでもないっと言ったふうに首を横に大きく振って、そう答えた。部屋の明るい光の中にいるサビーナはあまりに美しかった。その美しさが間近にありすぎて、僕はそこからもう2、3歩離れて向き合いたいほどだった。

「私、カザフスタンのことを悪く思われるのが本当に嫌なの。なのにカディロフとバエケノフはウオッカばっかり飲んで、いつも酔っぱらっているし。それにカディロフはホクトにお金も返さないのでしょう。私、それが恥ずかしくて、恥ずかしくて。どうかカザフスタンのことを悪く思わないで、ホクト。」

僕はサビーナの恥じ入るような目を見て、心を打たれた。サビーナはきっとカザフスタン人の信頼を取り戻すために僕の所へ来て、こんな話をしているのだ。

「ううん、悪くなんて思わないよ。僕はカザフスタンにすごく興味があるんだ。いつかカザフスタンへ行ってみたいとも思ってるんだ。」

僕はサビーナの気がかりを払拭しようと思って、そう言った。

「本当?ホクト。よかった。」

サビーナの目が輝いた。はあと息をついて、胸をなでおろすようなしぐさをした。

「それじゃあ、ホクト。またね。これから食事を作らなくちゃ。」

そう言って、サビーナはベッドから立ち上がると、僕の部屋を出ていった。僕は廊下までサビーナを見送り、廊下を歩いていくサビーナの後姿を眺めていた。

サビーナが帰ると、僕は部屋に戻って床に胡坐をかいた。さっきまでサビーナの座っていたベッドを見つめた。自分の生活空間にさっきまでサビーナがいたことが、まるで夢を見ていたことのように思われた。それから窓の外の青空にサビーナの顔を思い描いて、しばらく夢を見るような心地でいた。

それから10分ほどして、ジロフが部屋にやってきた。

ジロフは床に胡坐をかいて僕と向き合うと、じっと僕の顔を眺めた。

「なあ、ホクト。今何を考えてるんだい?」

ジロフが僕の目の奥に何があるのかを見極めようとするように、僕を見ている。

「うん。ジロフ。僕は肖像画が欲しいよ。」

僕はジロフの顔を見ながら、実は心にサビーナの顔を見ながら、独り言のように言った。

「肖像画?誰の肖像画だい?」

「サビーナのさ。さっき、サビーナがお金を返しに僕の部屋に来たんだ。サビーナは美しいね。僕はサビーナの顔を絵に描いて、その絵をこの部屋の壁に貼って、眺めていたいよ。ジロフ。」

僕がそう言うと、ジロフは足をバタバタさせて笑い転げた。そして僕の方ににじり寄ると、僕の肩を持って、「好きなのか?サビーナが好きなのか?」とうっとおしいくらいに僕に聞いてきた。僕は面倒くさくなって、「ああ、好きだよ」と答えて、僕の肩にかけたジロフの手を払いのけた。

その翌々日だった。僕は夕方、寮に帰ってきた。玄関を開けてエントランスに入ると、ちょうど1階の廊下から毛皮のコートを着たサビーナがエントランスに入って来た。サビーナは僕を見ると、花が咲いたようにパッと顔に笑みを拡げて、小学生の女の子のように僕に駆け寄って来た。顔をぐっと近づけてくるので、僕は思わず後ずさりした。目を丸くしている僕を見て、サビーナはさらにニコ~と笑った。

「ホクト。アイシテマス。」

サビーナが片言の日本語でそう言ったので、僕はみるみる顔がカアッと熱くなるのを感じた。すると、サビーナは人差し指で僕の右頬をチョンとつつくと、今度はモンゴル語で、

「冗談、冗談。」

間延びした声でそう言って、ふふふふふと笑うと、軽快な足取りでそのまま玄関を開けて外に出ていった。僕は取り残されたようにサビーナの消えていった玄関を眺めていた。


2月に入ると、大学は旧正月のため休みになった。カルル達ブリヤート人はほとんどがロシアへ一時帰国した。日本人や中国人や韓国人の中にも、何人かは国に一時帰っていった。学生寮のどの階も、廊下に誰も見かけないことが多くて、閑散としていた。普段、各部屋の奥から聞こえてくるドアを開ける音や、洗面所の水の流れる音や、食器を洗う音などの生活音も、ヒソヒソ話や笑い合う声や言い争い合う声も何もかも聞こえては来なかった。

ただ、ジロフ達カザフスタン人は国が遠いからか、誰一人帰国せずにモンゴルにとどまっていた。そしてちょうどその頃、彼らはラマダンの慣習の中にいた。

ジロフは、欲しいものをねだった子供が親にたしなめられたように、おとなしくなった。日が沈むまでは食事が出来ないのは、もちろんのこととして、ディスコで踊るなどの派手な遊びや酒や煙草なども、ジロフは禁じられていた。昼間、買い物などに付き合って貰って一緒に並んで街を歩いてる時、水さえ口にしようとしないジロフを、僕はふと思いついたように振り返って眺めた。あれだけ人をからかったり、おどけたり、はしゃいだりしていたジロフが、心の中で〝ラマダン、ラマダン〟と念じて耐えているように、おとなしい。僕はラマダンの期間がやけに長く感じて、もどかしく思った。

2月に入っても、冬はまだまだ続いていた。人々は宇宙服を着るような厚着をして外へ出た。まるで宇宙空間に出ていくようだ。

或は死にいたらしめる病原菌が蔓延した地域へ、防護服を着て出ていくようだ。そうやって厚い衣服で、肌と言う肌を包んでいなければ、凍えて死んでしまいそうな寒さだった。僕は外へ出ても遠出を避けた。道に迷ったりなどして、外気に長時間触れることを恐れた。

僕は1日中、閉め切った部屋に閉じこもった。窓の外の青空や、夜は星空を眺めながら、冬眠でもしているような気分だった。

　僕は朝から晩まで、時には晩から朝まで哲学書を読んだ。日本から頼んで送ってもらったニーチェやハイデガーやキルケゴールを読んだ。今が朝なのか昼なのか夜なのかを気にせずに読み続けた。お腹が空いたら何か食べ、眠くなったら眠った。

　たいてい部屋の中も外も静かだった。時々、誰もいないところへ1人取り残されたような気分になった。部屋の白い壁も、外に拡がる青い空も、ただそれだけで成り立っていて、何にも繋がっていないように思えた。

　ある夜、僕は哲学書を読むのにも飽きて、呆けたように床に足を伸ばして座っていた。両手は背中の後ろで床を支えて、窓に向かい、星がキラキラと瞬く夜空を眺めてふと思った。

　僕は生きているのだろうか?僕は、僕という人間は確かに存在しているのだろうか?なぜ、いったいなぜ?僕がいる。存在している。なぜ?なぜ僕はいるんだ?どうして生まれて来たんだろう?僕は何故ここに存在し、今この時を生きているのだろう?いつから自分は存在していたのだろう?どこからやって来たのだろう?

　僕は何かと繋がっている。懐かしいと感じるものは、すべて僕と繋がりを持つ何かなのではないか？日本へ帰りたい。でも日本は嫌いだ。大嫌いだ。日本は僕に居場所を与えてくれないような気がして嫌いだ。日本は僕に優しくないから、嫌いだ。でも、嘘だ。日本は愛さずにはいられないから、時として嫌いになるだけだ。故郷は日本にあるんだ。帰るべき場所は日本だ。素直に日本に向き合いたい。僕は日本人だ。

僕は今はモンゴルにいても、いずれ日本に生きる。日本で生きていく。

いつのまにやら、靴下をはいているというのに、足のつま先が冷たくなっているのに気づいた。手の指も何だか寒さでかじかんでいる。部屋の中は充分な暖かさを保ってはいなかった。僕は床に座ったまま、ベッドの上にある毛布を引っ張って、肩からかけて首元からつま先まで包まった。窓の下にある暖房に手をやると、いつ止まったのか、少しも暖かくなっていなかった。窓枠の周りは結露が凍って、ひとつなぎになった氷がびっしり張り付いていた。

突然、寂しさが僕を襲った。周りの白い壁がせまってきて、僕を押し込めようとしているように思えた。僕はまるで何かから逃げだすようにベッドに上がって、枕に顔を埋めて、頭から毛布をかぶった。僕は僕の中にある寂しさをかみしめながら、考えていた。

いったい誰の心の中に僕は存在するだろう？いったい誰が僕のすべてを受け止めてくれ

るのだろう? 僕は誰の心を受け止めてあげられるのだろう? そして誰が僕にそれを望むだろう?

僕は生きているのだろうか? 半年後には僕は日本へ帰る。そして日本で、僕は日本できっと日常に埋没して自分を失う。僕の心はいつのまにやら何も感じなくなってしまうだろう。今の日本の社会が僕に求める、かくあるべきだという型に自分を嵌めて、何もかもわかった気になって、実のところ、何もわからなくなってしまうだろう。

僕は日本を憎む。僕は日本を愛するがゆえに日本を憎む。ひたむきさや誠実さを嘲笑い、自分の怠慢や無力さから目をそらして、傲慢に生きる人々を憎んでいる。

次第に僕は自分が死ぬことを考え始めていた。いつか自分がこの世から消えていくことを思って、僕はさびしくてたまらなくなった。耐えられなかった。僕はベッドから飛び起きると、コートを着て部屋の外へ出た。時刻は午前1時だった。

駆け下りるように階段を降りて、2階の廊下へ出た。誰もいなかった。音もなかった。擦り切れた板張りの廊下に薄汚い赤い絨毯が端から端まで伸びているだけだった。各部屋のドアは閉まっていた。僕は誰かと話していたかった。僕はただ1人でいたくないだけだった。僕はコツコツコツコツ足音をさせながら、廊下の端まで歩いて行った。そこからまた引き返してまた元の位置まで戻ってきた。誰もドアの内から出ては来なかった。僕は階段へ戻って、1階へ駆け降りていった。

1階の廊下にも誰もいなかった。空気が冷たくて、僕は身震いした。もしかしたらそのうち、誰かに会えるかもしれないと思って、僕は廊下の端の壁にもたれかかって、煙草に火をつけた。僕は1口煙草を吸っては、それを出来るだけゆっくり吐いた。そして少し間を空けてからまた煙草を口にくわえた。これは時間稼ぎだった。煙草を吸うのを口実にして、僕はここに留まって、誰かと出会えるのを待った。静かだった。僕が煙草を吸って吐く音しか聞こえない。僕は意味もなく、足を踏み鳴らしてみたりした。煙草を吸い終わっても、誰にも会えなかった。僕はそのままうなだれた。5分くらい経ったろうか。

エントランスの方から誰かが歩いてくる気配がした。そして立ち止まった気配がした。ふと見上げると、毛皮のコートを着て、頭にはそのコートのフードをかぶった女性が反対側の廊下の端に立っていた。サビーナだった。サビーナはしばらくそこに立っている男が何者なのか伺うようにそこに立っていた。怪しい男と思われてるような気がして気まずかったが、僕は開き直って、サビーナに手を振った。サビーナは幾分恐る恐るといった風に僕のいる方へ歩いてきた。

「こんばんは。ホクト。」

サビーナはあたりを気遣うように、小さな声でそう言った。

「こんばんは。サビーナ。」

そうやってお互い一言ずつ言葉を交わしてから、少しの間沈黙した。

「ねえ、ホクト。レジナがひどいのよ。多くの人が国に帰ってしまって、こんな凍りついた街に置いてきぼりにされたような時に、私たちもカザフスタンが恋しくて帰りたくてしょうがない時に、怖い話をしたのよ。怖い話をしておいて、1人でさっさと眠ってしまったのよ。」

サビーナは自分の思いを訴えるような感じでそんな話をした。

「いったいどんな話？」

僕がそう言うと、サビーナは僕の目を見ながら、ゆっくりと笑みを拡げるように笑った。

「聞きたい？」

是非聞いて欲しいといったふうに、サビーナは僕に聞いた。

「うん、聞きたい。」

僕がそう言うと、サビーナは少し考えてるふうなそぶりをして、それから口を開いた。

「ロシアの作家。ゴーゴリーの話なの。ゴーゴリーはね、死んでお棺に入れられて葬られてから、100年後に墓を掘り返して、お棺を開けられたの。そしたら仰向けに入れられたはずのゴーゴリが横向きに横たわっていたのよ。お棺は木製だったんだけど、手の爪のところには、木屑がいっぱいこびりついていたんですって。そしてお棺の内側にはあちこちに爪でひっかいた跡があったそうだわ。」

僕は真っ暗なお棺の中でもがいているゴーゴリーを想像した。

「サビーナ。それはつまり……。怖いね。それは怖いよ、サビーナ。」

サビーナは噛み締めるように、ゆっくりうなずいた。

「そう、つまりゴーゴリーは死んだと思われて、お棺に入れられて葬られたけど、実は死んでなかったのね。私、目を覚まして息絶えるまでのゴーゴリーの感じた恐怖と心細さを考えたらたまらなくなって、眠れなくなってしまったわ。ただでさえ、ホームシックだっていうのに。それでさっきまで、フロントにいるおばさんのところにいて、カザフスタンが恋しい、家族が恋しくてたまらないって話を聴いてもらってたの。」

「うん、わかる。僕はサビーナの気持ちがわかるよ。」

僕はうなずきながらそう言った。

「ねえ、ホクト。あなたもホームシック。」

サビーナが僕と目を合わせて、そのままそらさずに優しくそう聞いた。

「うん、わからない。僕はいつだって寂しいんだ。」

僕はそう言って下を向いた。するとサビーナは両手で僕の右手を握った。僕は思わず目を見張ってサビーナを見た。手にサビーナの手のぬくもりを感じた。僕は突然のことに慌てふためいて、手をひっこめようとしたけれど、サビーナは強く僕の手を握ったままでいる。そして次の瞬間、サビーナは手を離すと、両手を広げて、僕の背中に手を回して僕を抱き、僕の胸に顔をうずめた。見ると、サビーナの頬がぴたっと僕の胸に押し付けられている。

「もう寂しくないわ。ホクト。2人でいるから、寂しくないわよね。ホクト。」

サビーナは一語一語をかみしめるように、そう言った。

「うん……。」

僕はようやく固まっていた体の力を抜いて、サビーナの背中に両手を回した。しばらくそうしていてから、サビーナは顔を僕の胸から離して僕を見上げた。両手は僕の腕を掴んだままでいる。

「ねえ、ホクト。あなたはいつまでモンゴルにいるの？」

サビーナにそう聞かれて、僕はいつまでもいるよと答えたくなった。でも僕は目をつぶって正直に答えた。

「今年の8月には日本に帰るよ。」

「そう……。」

そう答えたサビーナの声は消え入るようにだんだんと小さくなった。

「でも、ホクト。ラマダンが終わったら、何かカザフスタンの料理を作ってご馳走するわ。楽しみにしていて。」

「うん。」

僕は微笑みかけるようにして、そう答えた。

「それじゃあホクト。おやすみなさい。」

サビーナはそう言うと背伸びして僕の右頬にキスをした。それからぱっと両手を僕の肩から離すと、小さく手を振って、僕に背を向け、自分の部屋の方へ歩いて行った。

モンゴルは4月に入っても、決して過ごしやすい季節になったというわけでもなかった。

肌を刺すような寒さは消えたが、黄砂が吹き荒れるようになった。黄砂は風に乗って、僕らに降りかかってきた。ウランバートルの街を歩いていると、風の動きが、風に巻き上げられる黄砂によって、目に見えた。風は波のようにやんでは吹き付け、やんでは吹き付けてきた。浜辺に立っていて、沖から大波が押し寄せてくるのがわかるように、道を歩いているると黄砂を含んだ大風が時折こちらに向かってくるのがわかった。そんな時、僕はそれが吹き付けてくる直前に風に背を向け、目をつぶった。そうやって黄砂を含んだ風をやり過ごした。もろに受けたら、目がやられてしまいそうだった。道を歩いていると、そんなふうにして何度も立ち止まらなくてはならなかった。30分も外に出ていると、髪が黄砂でべとついた。

大学のモンゴル語初級科は修了まで、3カ月を切っていた。この頃になると、言いたいことがモンゴル語で言えなくて困るといったことは、ほとんどなかった。勿論、話が抽象的なことだったり、普段あまり話題にしないようなことだったりすると、言葉に詰まることもあったが、日常会話においてはほとんど不便を感じなかった。

僕には時間がなかった。留学生の大半は、モンゴル語の初級科を修了すると、夏休みを終えて9月の新学期からは本科に入学する者が多かった。だが、僕は8月には帰国しようと思っていた。もともと専門的にモンゴルで何らかの学問をしようとは思っていなかったし、僕には将来のビジョンがはっきりあるわけではなかった。ただ僕はモンゴルよりも日本を知らねばならないような気がしていた。とにかく留学生活は残り少なかった。

4月に入るとすぐにジロフが突然カザフスタンに帰国してしまった。留学を取りやめてカザフスタンの大学に再入学すると言うのだった。もともとジロフはモンゴルにあまり興味がなかった。僕と違って、モンゴルに対する憧れがなかった。モンゴルのような草原はカザフスタンにもあるし、草原を馬に乗って、駆け回ることもカザフスタンではあるようだった。

ある日ジロフは僕の部屋に来ると、両親から帰国の許可を得たからすぐにでも帰国すると僕に話して、僕を驚かせた。翌々日彼は国際列車でシベリアを経由してカザフスタンに帰っていった。列車に乗る直前、彼は僕を強く抱きしめて、列車に乗り込んでいった。

僕はその後何度となく、ジロフがいないという現実をかみしめなければならなかった。ジロフの部屋の前を通っても、そのドアの向こうにはジロフがいるような気がした。夜、部屋にいるとジロフが訪ねてくるような気がした。そのたびにもうジロフはここにはいないのだということをあらためて思い返してさびしい思いをした。

僕らはジロフが帰国する直前に服を何着か交換した。僕は時々、ジロフから受け取った黒一色のニットと青のパーカーを取り出して、それを床に拡げてジロフを思い出したりした。

ジロフが国に帰ってから、僕は毎日のように、カルルと2人で街に出た。僕らはよくサウナへ行った。ビールをたくさん買ってサウナへ行き、ビールをたらふく飲んだ後、サウナ室に入って汗をかいて、また喉が乾くとたらふくビールを飲んで、サウナ室に入った。サーカスを見に行ったり、オペラ劇場へオペラを見に行ったり、観覧車のある公園でボートに乗ったりもした。週に1回程度、筋力トレーニングの器具の揃った小さなジムへ行って、バーベルをもちあげた。カルルは1時間ほどしてひと通り筋力トレーニングが終わると、たいてい上半身裸で鏡の前に立ち、胸や腕の筋肉のつき具合を確かめたりしていた。

僕はその頃、日本語を勉強しているモンゴル人の若い女の子と知り合いになった。名をオヨンと言った。オヨンは日本人と知り合って日本語が話したいからと、学生寮を訪れ、そして僕の部屋に来た。とにかく日本語を話す機会が持ちたかったようだ。オヨンは地方からウランバートルへ来て、大学で学んでいる大学生だった。小柄な体に一本線のような細い目をしていた。オヨンは時々僕の部屋に来て1、2時間話すと帰っていった。

僕は一度、カルルと一緒にタクシーに20分ほど乗って、オヨンの住んでいる学生寮へ行った。オヨンの部屋は相部屋で3人の女子学生と一緒に住んでいた。カルルは女の子達の中心にいて、冗談ばかりを言って女の子達を笑わせた。その日夕方になると、そこの学生寮の近くのディスコへ行って、僕らは6人で輪になって踊った。暗闇の中、明滅する赤や青や緑のスポットライトが僕らを映しだしては消え、ダンスミュージックのリズムに合わせて僕らは絶えず笑い合いながら踊った。

その日だけでなく、僕とカルルは平日、週末関係なく、毎晩のようにディスコへ行った。僕は少しも節約することなく、やりたいことをやりたいだけやって、お金を使いまくった。使いまくったと言っても、物価の安いモンゴルではたいした額ではない。カルルにとっては大金で、ロシア国籍である彼にそんなお金があるはずもなかったから、カルルは僕のお金で毎日遊んでいた。

5月も半ばだった。その日、カルルはウランバートルにロシアから親戚が来るとかで、学校の授業が終わると、まっすぐ国際列車の駅へ向かった。僕は珍しく午後1時には寮に帰ってきた。久しぶりに部屋でのんびりしようと思っていた。

エントランスを抜けると、階段の前にサビーナが無言のまま立っていた。僕がニコッと笑いながら挨拶して、サビーナの脇を抜けようとすると、サビーナは黙ったまま僕の腕を捕まえた。サビーナの強い力は僕をそのまま行かせまいとする意志の表れのような気がした。

「ねえ、ホクト。あなたは私に怒っているの？ねえ、そうなの？」

サビーナはこれだけは確かめておきたいといった風に、切ない目をして僕を見ながらそう言った。僕は何のことやら、さっぱりわからなかった。

「サビーナ。いったい、何のことだい？」

「私、ホクトに嘘をついたでしょ？先月、レジナはジロフと一緒に国に帰るのだって言って……。その後でホクトは、私の言ったことが嘘だってわかったんでしょ。」

サビーナの声はそう言いながら、だんだんと小さくなって、サビーナはうつむいた。

「そうだったけ？でも、サビーナ。僕はそんなこと何も気にしてないよ。」

僕がそう言うと、サビーナは軽く唇を噛んで何か考えている風だった。

「うそ……。嘘だわ、ホクト。どうして本当のことを言わないの？」

僕はそう言われて、サビーナの思い込みに慌てた。サビーナは相変わらずうつむいたままでいる。

「サビーナ。本当だよ。僕はサビーナに少しも腹を立てていないし、不快にも思ってないよ。」

僕が語気を強めて、サビーナにそう言うと、サビーナはようやく顔を上げて僕と目を合わせた。

「じゃあ、ホクト。あなたはどうして私の部屋には来てくれないの？あなたはいつもそう。廊下ですれ違う時、部屋に遊びに来てねって言っても、あなたは笑顔で『うん、行くよ』だなんて気前よく答えてくれるけど、結局は来てはくれない。ねえ、ホクト。あなたはいつまでたっても他人行儀ね。」

僕にとってはサビーナの部屋に1人で訪れるだなんて、思いもよらないことだった。僕にとっては、サビーナは僕とは違う世界に住む人なのだ。サビーナはサビーナでロシア語やカザフ語で話せる友人や同郷の人など、それなりの人と人とのつながりの中にいる。僕はその中に入っていこうとは思ってなかったし、入っていけるとも思っていなかった。まして、それでサビーナを傷つけていただなんて、脳裏をかすめたことすらなかった。

「うん、ごめんよ。サビーナ。僕は別にサビーナを避けてるわけじゃないんだ……。」

サビーナはまだ、訝しげに僕を見ている。

「そうだ、サビーナ。今日一緒にザイサントルゴイへ夜景を見に行こう。今日、7時くらいに部屋に迎えに行くよ。どうだい？」

僕はサビーナの疑念を一気に払拭しようと思って、郊外にある、ウランバートルを一望できる丘、ザイサントルゴイへサビーナを誘った。

「ええ、行くわ。7時ね。部屋で楽しみに待ってるわ。」

サビーナはようやく口の端に、ほんの少し笑みを見せて、しみじみした静かな声でそう言った。

「ねえ、サビーナ。歩くのは好きかい？」

白いコンクリートの長い階段が頂上まで続いている。日が暮れかかっていたが、草原の丘は見晴しがよく、頂上の展望台からそこに至るまでの階段まで、すべてが見渡せる。展望台の向こうはどこまでも続いていいそうな青い空だ。

「ええ、好きだわ。今こうして歩いていて、家族と笑いあいながら野道を歩いていたことを思い出したわ。」

耳元で吹き抜けていく風がボオオ、ボオオと音を立てている。サビーナは長い髪を靡かせながら歩いている。僕は展望台をまっすぐ見ながら、どこまでサビーナと心を通わせられるだろうかと考えながら歩いていた。

「あと1カ月もしたら、私はカザフスタンに帰れるわ。今からそれが楽しみでしょうがないの。」

サビーナは何かを懐かしむように目を細めてそう言った。

「1年近くも国から離れていたんだものね。ずっと抱えていた寂しさもそれで報われるねえ。夏休みは2カ月以上あるわけだしね。」

僕がそう言うと、サビーナはまた国のことを思っているらしく、にじみ出るような笑みを漏らして僕を見た。

「でも僕は来月、モンゴル語のクラスを修了して、そして8月には国へ帰るんだ。僕はねえ、サビーナ。モンゴルには僕が日本で出会った人は誰一人いなかった。家族も友人も知人も誰もかも。僕は日本のすべてに別れを告げてモンゴルへやってきたんだ。そして僕はモンゴルで多くの人と知り合った。人だけじゃない。この青い草原と青い空と。こうして身に着けたモンゴル語とモンゴルの料理とかモンゴルの音楽とか、あらゆるものと出会った。そして僕は、日本を離れてモンゴルへ来た時と同じように、そうして得た宝物とすっかり別れを告げて日本へ帰るんだ。」

サビーナは僕の横で歩きながら、じっと僕の話を聞いていた。頂上にいる人の表情も見分けられるくらいに、頂上に近づいてきていた。

「ねえ、ホクト。あなたは日本に帰ったら記憶喪失にでもなってしまうの？私のことも忘れてしまうの？あんなに仲の良かったジロフのことも忘れてしまうの？あなたはモンゴルで得た宝物を失ったりはしないわ。そうでしょ。ねえ、ホクト。」

サビーナはそう言うと、左手で僕の肩に軽く触れた。僕はうんうんとうなずいて、空を見上げた。やがて僕らは頂上まで登って、展望台の前に立った。

振り返るとウランバートルの街が目の前に拡がっていた。だいぶ日も暮れて、街のあちこちに灯が灯り始めていた。見渡すと、いつも僕らが通っている大学の校舎もスフバートル広場も観覧車のある公園も眼下に眺められた。

「僕が日本へ帰ったら……。ここにはない窮屈さを感じるんだろうなあ、きっと。生きていくために、生活していくために、いろいろと我慢が強いられるだろうねえ。そしてそんな時、僕はサビーナに無性に会いたくなるかもしれない。」

サビーナも僕と並んで眼下のウランバートルの街を静かに眺めていた。

「もう少ししたら、もうホクトと会えなくなるのね。やっと仲良くなれたというのに……。」

僕らはまた展望台の方へ向いて、その中へ入っていった。中心に灯火台があり、その周りの壁は環になって灯火台を囲んでいた。取り囲んだ壁の内側には壁画が描かれていた。軍服姿のソ連兵やモンゴルの民が描かれている。何人もの観光客がその壁画を眺めたりしている。

僕らはそこを通り抜けて、反対側へ出た。そこはごつごつした真っ黒い岩がいくつも転がっていた。麓までは階段などなく急斜面の草原だけが続いていた。眼下は街の灯が乏しく、闇に沈んでいたが、家々が散らばってあるのと、整然と並んだマンションがかすかに見えた。その先には山々が連なっている。

僕らは座るのにちょうどよさそうな岩に並んで腰掛けた。僕はサビーナに将来の夢について聞いた。サビーナは中国語の通訳になるのだと言った。貿易をする際に、両国の企業の間に立って通訳をするのだと言った。これこれこういう仕事に就けば、これくらいの収入を得られて、生計が立てていけると、かなり具体的な将来設計をサビーナは話した。

家族の話にもなった。サビーナは特に父親についてよく話した。非常に厳格な父親で、サビーナが派手な服や奇抜な服を着るのを許さないのだとか、夜、帰りが遅くなるとひどく叱られるのだとか、変な男に誘惑されないかをいつも心配しているのだとかいう話を聞いた。サビーナが穏やかな顔をしていながら、浮わついた気分に流されない、1本芯が入ったような強さを持っているのは、きっと父親の教育を受けたからかもしれないと思った。

僕は最近になってやっと気づいたのだが、推測するにカザフスタン人やブリヤート人はモンゴルに興味があって、留学しているのではなく、もっぱら経済的な理由でモンゴルに来ているようだった。おそらく自分の国の大学より、モンゴルの大学の方が学費が安いのだろう。サビーナは去年、モンゴル語初級科を修了し、今は本科で中国語を勉強していた。

ふと気づくと、空には星が瞬いていた。僕らの周りは静かだった。濃い闇があたりを囲んでいた。僕は闇を見つめながら、あることを思い出していた。

「3月くらいだったなあ。まだまだ寒い時期だった。特に夜は……。カルルとディスコへ行ってその帰りだ。もう2時くらいだったかなあ。僕は10歳くらいのモンゴル人の女の子を住宅街を抜けていく際に見かけたんだ。その子はねえ、頭から毛布をかぶって立っていたんだ。おそらく毛布の下は薄着だったろう。足先を見るとさあ、その子、裸足だったたんだ。毛皮のコートを着ていても寒いと感じる季節に裸足だったんだ……。その子があどけない顔をして立っていたんだ。まるで幽霊のように。ねえ、サビーナ。僕はさあ、現実の受け止め方がわからない。カルルに『あの子、どうしたんだろう?』って聞いたら、『ホームレスさ。』って言って、そのまま目もくれずに歩いていくから、僕も何となくそこを通り過ぎてしまった。何となく、何となく、街の喧騒の中を何も見ずに通り過ぎるように、僕は通り過ぎてしまったんだ……。」

僕はそこまで話して、ふと涙がこぼれそうになった。自分自身、妙な話をしていると思った。投げやりな気分になってきた。善人面していい人と思われるより、素顔を晒して軽蔑された方がましだなんてことを一瞬のうちに考えた。

「いったい、どうしたの?ホクト。」

サビーナはそう言って、心配そうに僕の顔をうかがった。

「いや、あのね、サビーナ。君だったら、あそこに君がいたら、あの幼い女の子に声をかけたろうね。『どうしたの?』って声をかけたろうね。そして君は自分が出来る範囲のことで何かしただろうね。僕は……僕は現実の中の自分が見えない。あの子はあの夜、あの場所で凍え死んでしまったかもしれない。」

僕は闇の中を見つめながら、すべてをさらけ出すようにしゃべり続けていた。

「ちょっと、ちょっと。ホクト、しっかりして。その子は死んでなんかいないわ。一時的に外に出てきただけよ、きっと。あの寒さの中でも、5分くらいなら裸足でいても大丈夫よ。その後、すぐ寒さをしのげる場所へ入って行ったわよ。住宅街に突っ立ったまま、凍え死ぬ子供なんていないわ。それにモンゴル人は寒さに強いのよ。」

僕はそう言われて、思わずサビーナを見返した。

「本当?サビーナ。」

僕がかすれたような声でそう聞くと、サビーナは黙ってうなずいた。数秒の間、2人の間に沈黙が流れた。

「もう帰りましょう。ホクト。そろそろ帰らないと。」

サビーナは小さな声でそう言うと僕の肩に手を置いて僕を促した。

僕らはまた展望台を抜けて、向こう側に出た。目の前にウランバートルの夜景が拡がった。僕は遥か先をヘッドライトをつけた車が行き来するのを見ていた。もっと強くならねばと思った。サビーナに負けないように。そう思った。

僕らはこの小高い丘から麓へ向けて、階段を夜風に吹かれながら降りていった。

「ねえ、ホクト。何か話して。どうしたの？急に黙ってしまったわね。」

僕は何だかきまずい気分でいた。それはサビーナも同じようだった。僕は等身大の自分を人前に出そうとすると、急に怖くなるのだった。僕はサビーナに自分がどう思われているのかがわからなくなっていた。しかし予想外にサビーナの心は僕の側にいようとしてくれていた。

「あのね、サビーナ。モンゴルは貧しい国だよ。僕は時々思うんだ。僕はまるでこの国ではブルジョワジーだってね。僕は毎日のように、遊び呆けているけど、モンゴル人の中でどれだけの人間がこんな贅沢が出来るだろう。どれだけ毎日懸命に働いたって、僕がやってるような金の使い方は出来ないに違いない。日本は豊かな国なんだ。モンゴルの物価はきっと日本の10分の1にもならないだろうね。僕はモンゴルに来ることが出来たけど、モンゴル人のほとんどは、日本に来たくても来ることは出来ないだろうね。僕は街を歩いていて、車を洗ったり、靴を磨いたり、大きな荷物を運んだりして働いてる子供たちを見ると妙な気分になるんだよ。あの子達は学校も行けずに働いたって、たいした給料はもらっていないに違いない。日本で1日も働けば、あの子たちの1カ月分の給料は稼げてしまうだろうね。こうして同じ街に住んでいるというのに、あまりに境遇が違いすぎる。」

僕は前を向いていたけれど、サビーナがじっと僕の横顔を眺めているのはわかった。

「ホクト、あなたって、なんて優しい人なの。」

少し間を空けてから、サビーナはそう言って、軽く僕の肩に触れた。僕は顔を横に振った。

「優しくなんかないさ。サビーナ。僕は駄目な人間だよ。人間の屑だよ。」

僕がそう言うと、途端にサビーナは僕の両手を握って、自分の正面に振り向かせた。僕に何かをわからせようとするように、僕の目を見つめて言った。

「どうして？人間の屑なんかじゃないわ。あなたは優しくて素敵な人よ。」

僕はまた思わず首を振っていた。

「時々、こんな感傷に浸ったからといって、何になるっていうんだい。何にもなりゃしないよ。僕は何にもできやしない。思うだけじゃ何も変わらないんだよ。」

僕がそう言うと、サビーナは黙ったまま、僕を見つめていた。僕は何だか、サビーナに嫌われるような気がした。もう1人の自分が、『こんな話はするな、嫌われるぞ。避けられるぞ』と叫んでいた。だが、もう他の自分が、『それでいい。嫌われるなら嫌われて、一人ぼっちになればいい。』と言っていた。

「ふふふふふ。もうバカね。ホクト。」

サビーナが急にクスクスと笑いだしてそう言うと、僕の肩をおちゃらけた風にパチンと叩いた。

「え？」

僕は笑っているサビーナを見て、あっけにとられた。

「ホクトはまだ学生じゃないの。まだまだ若いじゃないの。23歳でしょ。あと何年生きるの？まだまだこれからじゃない。悲嘆にくれててどうするの？」

サビーナはそう言って、ホホホホホと大きな声を出して笑った。

「さあ、行きましょう。風邪をひいてしまうわ。」

サビーナはそう言いながら、僕の手をひいて歩き出していた。

「うん。」

僕は手をひかれながら、自分よりサビーナの方がよほど大人だと思った。

僕らはザイサントルゴイの麓でタクシーに乗った。時計を見ると、もう12時を回っていた。タクシーは、左右から外灯に照らし出された道路を突っ走っていった。夜の街の静けさが何だか心地よく、この昼間の街にはない、深夜の街の静けさの中にサビーナと一緒にいられることを幸せに思った。この2人でいられる時間をもう引き延ばしたいように思った。

学生寮に着いて、サビーナの部屋の前まで来ると、サビーナは振り返って僕を見た。

「ホクト。今日は楽しかったわ。また会ってくれるでしょうね。」

サビーナは本気で僕を疑うような目をして言った。

「もちろんだよ。サビーナ。絶対にサビーナに会いに来るよ。」

僕がそう言うと、サビーナは満面の笑みを見せて僕の右頬にキスをした。それから手を振って部屋の中へ入っていった。

6月の半ばだった。僕はモンゴル語初級科をトップの成績で修了した。その後2、3日の間に、学生寮にいる学生はほとんどが帰国してしまった。彼らはよほど国が恋しかったのだと思う。カルルは帰国前に僕にサバイバルナイフをくれた。いざという時は、これを使えよ、などといって真面目くさった顔をして僕に渡した。僕が夏休みの間に田舎に行くことを知ってくれたのだろうが、半分は僕の前でかっこつけたかっただけだろう。

サビーナとザイサントルゴイに行ってから、サビーナが帰国するまでの間に、僕は3回ほどサビーナの部屋に訪れた。一度夕食をご馳走になった。サビーナは1時間以上もかけてカザフスタンの料理を作ってくれた。それはうどんのような麺の入った料理だった。サビーナは僕の座ってる前で、テーブルを台にしてうどん粉のようなものを練り、こねたり伸ばしたりしながら、麺を作っていった。たくさんのジャガイモと牛肉が入った麺料理で、汁は赤い色をしていた。ジャガイモは甘みを含んでいて、肉は汁を吸っていて柔らかかった。麺はモチモチしていて歯ごたえがよかった。1口口にして僕は思わず、

「サビーナ。これすごくおいしいよ。おいしい、おいしい、すごいなあ、サビーナ。」

僕は「おいしい」「おいしい」という言葉を連呼した。

サビーナはニコニコしながら僕を見ていた。

サビーナは帰国する前日、部屋にやってきた僕に、僕が帰国する前にまたモンゴルに来るからと言った。

「私がモンゴルに戻る前に、日本へ帰ったら嫌よ。そしたら私、ホクトを憎むからね。いい?ホクト。」

サビーナは2度も3度もそれを僕に言って、僕にそれを約束させた。

今、学生寮はやけに静かだった。7月にモンゴルの国民的お祭りナーダムがあるという

のに、それも待たずに皆帰ってしまった。2階の廊下に立つと、静寂だけが廊下を流れている。それでも、その廊下を行き来していた人たちの姿の記憶が蘇る。カルルやアランやエフィやステファンの笑い声、サビーナの僕の名前を呼ぶ時の声が、残響のように聞こえるようだった。カルル達の笑顔やサビーナがじっと僕を見つめる顔が残像のように見えるようだった。

彼らが帰った2、3日後、カディロフが夕方に僕の部屋にやってきた。カディロフはもうとっくに僕にお金を返していたが、部屋のドアを開けてカディロフの姿を見た時は、また金を借りに来たかとうんざりした。カディロフはどういうわけかモンゴルに残っていたのだ。しかしカディロフはただ単に僕に会いに来たのだった。

「なあ、ホクト。部屋に入ってもいいかい？僕は彼女が国に帰ってしまって、さびしくてしょうがないんだ。」

カディロフは弱々しい声でそう言って、僕の部屋に上がった。僕の好きなクラシックのCDをプレイヤーにかけて流すと、「いい曲だなあ。」などと言いながら、涙ぐんでいた。僕らは缶ビールを1本ずつ飲んだ。カディロフの彼女の思い出話を聞いてやった。馴れ初めから、どこへ2人で行っただの、こういうことで喧嘩をしただのいう話を聞いた。カディロフは話し疲れると、そのまま床に海老のように丸くなって眠ってしまった。僕はカディロフの寝顔を眺めながら、あれだけ人になめ切った態度を見せる奴が、これほどまでに感じやすい心を持っていたということを意外に思った。

あたりは静かだった。今夜もよく晴れていて、窓の外に広がる空には、星が煌めいていた。どこかで犬の遠吠えが聞こえた。日本へ帰国する時が2カ月後に迫っていた。僕はとうとう首都のウランバートルから出て、遊牧民の住む田舎に行くべき時が来たと思った。

四

7月の初めの正午だった。僕はスフバートル広場の前で、チャーターした車に1人で乗り込み、ウランバートルから3時間ほど車を走らせたところにあるゲルの集落に向かった。僕は4月に知り合ったモンゴルの女子学生の実家に行くことになっていた。日本語を勉強している、僕の部屋に何度もやってきたオヨンと一緒に同じ寮に住んでいた子だ。名をソブドと言った。

ウランバートルを抜けて、草原と草原の間のごつごつした細い道を、ひたすら車は走った。大地と空はどこまでも広かった。窓の外を流れていく景色は、変わるものと言えば、大地の起伏だけだった。なだらかな丘が上がったり下がったりした。巨大な雲がゆっくり流れて、草原の上にかすかな影を作ったりした。

やがて、ゲルが4つほど固まって建てられているのが行手に見えてきた。それを何となく眺めていると、車はそのうちの1つのゲルの脇に止まった。少し離れたところに何十頭という羊が見えた。そこからさらに離れたところで2人の少年が馬で疾走している。

僕は3時間ぶりに車の外に出ると、腕を大きく拡げて深呼吸した。海原のような広い空間が拡がる草原。気持ちがよかった。羊たちも馬たちも柵すらないこの草原にいて、気持ちよかろうと思った。30メートルくらい離れたところにいたソブドが僕の名を呼んで、手を振った。

モンゴルの移動式テントであるゲルは、真っ白いフェルトに包まれてるイメージがあるが、間近で見たゲルはだいぶ黄ばんでいた。ソブドに案内されて中に入ると、そこにいたソブドの両親は僕の方へ振り返って、期待に満ちた目で微笑んで僕を見た。天井全体にわたって、蝿が張り付いていた。天井は蝿だらけだった。両脇に小さなベッドが2つずつあり、真ん中にはかまどがあり、その上は空いていて、かまどについている小さな煙突が外に飛び出ていた。

　一度、観光ツアーでゲルに宿泊したことがあるが、完全に観光用に作られていて、実際に遊牧民が住んでいるゲルとはかけ離れていた。ゲル内のベッドも絨毯も薄汚れたところがなくきれいだったし、ゲルのフェルトは真っ白だったし、蠅なんていなかった。第一、ゲルの土台がコンクリートで固められていて、移動式テントではなくなっていた。やはりモンゴル人の生活を肌で感じるには、実際の彼らの生活の場に入っていかなければ駄目だ。

　ソブドの家族の誰もが好奇の目で僕を見た。頭の先から爪の先まで眺めるといった感じでジロジロと僕を見た。僕がドアを背にしてゲルの床に胡坐をかいて座ると、ソブドの母親はウキウキしたような顔を見せて慌しく動き回った。お茶を入れたり、大きな皿にチーズやビスケットなんかを載せて僕の前に置いたり、外に出たり入ったりした。

　僕の正面にソブドの父親が座っていた。墨のように真っ黒な顔をして、目をギョロギョロさせていたが、微笑みかけるようにして僕を見ている。ソブドは左端のベッドに得意げな顔をして座っている。

「ウランバートルの大学でモンゴル語を勉強していたのかい？」

　父親は胡坐をかいたまま、身を乗り出すようにして僕に聞いた。

「ええ、そうです。モンゴルの文化に興味がありまして。こうしてモンゴル人と会話をして、モンゴルの文化を肌で感じたいと思いまして。ただそれだけのためにモンゴル語を勉強しました。」

僕がペラペラとモンゴル語をしゃべると、目を見張るようにして僕を見た。そんな父親を見て、ソブドはニコニコ笑っている。

「ほっほっほ。モンゴル語を上手にしゃべるなあ。」

父親は僕と普通に言葉を介して、意思の疎通が図れるのがうれしそうだった。

僕は皿の上にあるタバコの箱ぐらいの大きさのチーズに手を伸ばした。チーズというよりどちらかというと、ヨーグルトのような味がした。少しすっぱかった。それが石のように固い。思いっきり噛んだら、歯が欠けてしまいそうだ。僕はリスのように、チーズの角の方から少しずつ少しずつ齧っていった。

そうすると、父親はそんな僕の様子を見ながらニヤニヤして、

「なあ、ホクトさん、こうやって食べるんだよ。」

そう言って、同じくらいの大きさのチーズを手に取ると、大きな口を開けてチーズを口にほおって、薪を叩き割るように、一気に噛み砕いて見せた。僕が息を止めて、固まった

ように目を見張っていると、大きな口を開けて笑った。

やがて母親が茶碗に馬乳酒を注いで僕にくれた。僕はにごり酒のように濁った馬乳酒を眺めて、それから口に運んだ。さっぱりとした味わいで飲みやすく、何杯でも飲めそうだった。見た目甘そうに見えて甘くなく、少し酸っぱかった。僕が飲んでいるところをじっと見守るように見ているソブドと父親と母親の視線を感じた。

「おいしい。すごくおいしいですよ。」

僕がそう言って、すぐ脇に座っていた母親の方に目をやると、母親はまるで小さな子どもが何かで褒められた時のように、満面の笑顔になって、弾んだ声で「もう1杯どう?」と僕に聞いた。

僕が馬乳酒を飲んだり、ビスケットをほおばったりしながら、モンゴルの留学生活について父親達と話していると、小さな子供たちがこっそりドアの向こうから僕を眺めていた。僕は振り返って挨拶した。

「やあ、こんにちは。」

「こ、こんにちは……。」

3人の子供達は興味津々といった感じで僕を眺めていながら、一方でどう接していいのかわからないのか、気まずそうでもあり、照れ笑いのような顔を見せて挨拶を返した。

僕は3杯ほど馬乳酒を飲むと、少し外に出たくなった。

「ちょっと外に出てきます。ねえ、ソブドも外に出ようよ。」

僕はそう言うと、父親達に軽く会釈してソブドと一緒にゲルの外に出た。

3人の子供たちが見上げるように僕を見ていた。今の彼らの唯一の関心事は僕のようだった。皆、僕と目を合わせると照れたような笑みを浮かべる。きっと触れ合いたいのだ。きっと顔を合わせて笑い合いたいのだ。お互いがお互いのことを知りたいのだ。お互い興味がそそられるし、お互い相手の興味を引きたいのだ。きっとお互い心を共鳴させたいのだ。

僕は3人の子供たちの1人1人の顔をしばらく眺めた。そのうち僕らは含み笑いをするようにして、お互い笑みを交し合うようになった。皆、いい感じで焼きあがったロールパンのように日に焼けていて、健康的な肌の色をしている。

「僕の名前はホクト。みんなの名前は?」

「僕の名前はバータル。」

10歳ぐらいの男の子がハキハキとした口調で答えた。

「僕の名前はビリグ。」

先に答えた男の子より頭1つ分くらい背の低い7歳ぐらいの男の子が答えた。

それから、ソブドの腰に抱きついて、隠れるように僕を眺めている林檎のような赤い頬をした、5歳くらいの小さな女の子が呟くような声で言った。

「私の名前はバドマ。」

「ねえ、ホクト。バドマはねえ、歌がとっても上手なの。」

ソブドが、抱きついているバドマの頭を撫でながら言った。

「へええ、聞いてみたいなあ。ねえ、バドマ、歌ってよ。」

僕がそう言うと、バドマは覗き込むようにして見た僕の目線を避けて、首を横にブンブン振った。

「どうしたの?バドマ。歌ってあげて。ふふふ。ホクト。バドマは恥ずかしがり屋なの。」

ソブドがそう言って、歌を歌うよう、バドマを促すと、バドマはすっかり僕に背を向けてソブドに抱きついたままでいる。顔をソブドのお腹に押し当てたまま、なかなか動かない。バータルやビリグもバドマに近づいていって、その肩をゆすったりして、励ましている。

僕はしばらくじっとバドマの背中を見ていた。恥ずかしさなのか、怖さなのか、怖さだとしたら何を恐れているのか、僕はそれを考えていた。ただはっきりわかるのは、この子がものすごく純粋で、飾り気がなく、ありのままの自分でいるということだった。

バドマがいつまでもそうやって躊躇しているので、バータルが僕の袖を引っ張って言った。

「ねえ、馬に乗らないかい?」

それから僕は夕食までの間、馬に乗って草原を駆けまわった。バータルが馬の乗り方を教えてくれた。ビリグは馬に鞭打って1人で駆け出し、僕らから離れて草原のずっと向こう、見渡してその姿がすっかり小さく見えるくらいまで走って行った。すっかり遠くに行ってしまったと思っていたら、そこからまたこちらに向かって駆け出し、あっという間に戻ってきた。

「もう少し手綱をゆるめてみなよ。」

僕が乗ってる馬の隣で、寄り添うように他の馬に乗っているバータルがそういった。それでも僕はなかなか手綱が緩められなかった。馬は小走りぐらいのスピードでしか走っていない。僕は馬が走りだそうとすると、とたんに手綱を強くひいた。ソリやスキーと同じで、あんまりスピードを出して走ろうとすると、大きく転んで、けがをしてしまいそうな気がして怖かった。とてもビリグのように早く走れる気がしない。それでも少しずつ手綱を緩めてみる。

「そう、そこで馬の腹を軽く蹴ってみて。」

言われた通り、馬の腹をけると、意図した以上に馬は速く走りだした。僕は体を硬直させたまま、手綱を強く握っている。体全体に風が強く当たる。遠くの景色がどんどん近づいてくる。バータルの方を振り返る余裕はなかった。僕はただ腰をかがめて手綱を強く握りながら、馬が止まってくれるのを待っていた。


その日僕はゲルの中で眠った。客用のゲルなのか、僕があてがわれたゲルには僕しかいなかった。馬に乗った後、ビリグと一緒に木に登ったり、草原の中を駆け回ったり、炎天下の中でずっと動き回っていたおかげですっかり疲れていた。ベッドに入ると、すぐに眠りについた。

ふと夜中に目を覚ました。起き上がってベッドに腰かけると、今日の夕食で皆と談笑していた時のことを思い出した。１人１人の表情や声を思い出した。しかしこんな真夜中に誰か起きているはずもなかった。

　僕は上着を羽織ると、静かにゲルの外へ出た。この大地を包むように、空全体に星が瞬いていた。まるで宇宙にいるみたいだ。僕は歩いて、ゲルから少し離れた。僕はなぜだか独り言をつぶやいていた。

〝僕はさあ、日本ってところに住んでいるんだ。日本の東京という大都会にね。でっかいビルがたくさん建っていてね。車がビュンビュン走っていてね。コンクリートだらけの街さ。たくさん人がいてね。僕らは交差点で無言のますれ違うのさ。車の音といろんな店から流れる音楽と街宣車から聞こえる演説の声なんかが耳に入ってくるのだけれど、僕らはそんなもの自分には何も関係のないことかのように、無視して通り過ぎて行くんだ。僕はそんなところから、遊牧民の住む国モンゴルに来て、君達に会いに来たんだよ。想像できるかい？〟

　僕は両手を大きく拡げて、大きく息を吸った。それから草原の上に仰向けになった。星が瞬いている。一つ一つがチカチカと輝いている。意外と空が近くに見える。静かだった。たった1人でこの星空を一人占めしてるような気分になった。星空に声をかけたいような気分になる。真上を流れ星が尾を引くようにして流れた。その瞬間僕は少し体を起したが、その時にはもう流れ星は消え去っていた。また、背中を地面につけて星を眺めていると、なんとまた流れ星が流れた。それからほんの少しの間にまた流れ星が流れた。そしてまた流れた。そしてさらにまた流れた。

この天体の動き、僕の体をふき去っていく風、これはきっと生きる力だ。生き抜いていく力だ。この力が僕の中に湧き上がってくれば、僕はもっと強く生きていける。僕はそんな気がした。

次の日の正午ぐらいに僕は皆に別れを告げた。迎えにきた運転手の車はゲルのすぐ傍に止まっていた。僕は1人1人と握手して、感謝の言葉を述べていった。

バドマはソブドの脇でじっと僕を見ていた。僕が近づいていくと、バドマは目を大きくして僕を見上げた。

「ねえ、バドマ。君は大きくなったら何になるの？」

「歌手になるの。」

バドマが僕を見つめたまま、答えた。

「そう。」

僕がそう言ってうなずくと、バドマははにかむ様にしてニコッと笑った。

「ねえ、バドマ。僕はバドマをずっと忘れないよ。日本に帰ってもバドマを忘れない。みんなのことも忘れない。バドマのお父さんもお母さんもお姉さんもお兄さんもね。きっと10年たっても、20年たっても、時々みんなのことを思い出すよ。かわいいかわいいバドマ。元気でね。」

　僕がそう言ってバドマの頭をなでると、バドマは僕の言った言葉の意味を一生懸命理解しようとするように、ぼおっと僕を見ていた。

「それでは皆さん、ありがとう。皆さんのことはずっと忘れません。本当にありがとう。さようなら。」

　僕はそう言って手を振ると、車に乗り込んだ。


　ここは大草原ではない。しかし、ウランバートルは道路が走っていても、建物が並んでいても、雲一つない空は大草原と同じように果てがない。空の青は濃い青色をしている。街は降り注ぐ日の光に満ちている。

　寒さの厳しい冬や黄砂の吹き荒れる春を思うと、この季節は実に過ごしやすいものだ。刺すような強い日差しが降り注いでくるし、放射される熱量も半端ではないが、湿気がないので、空気はからっとしている。春や冬よりずっと過ごしやすい。

7月も終わりに近づいていた。僕は2日前まで中国との国境の町、ザミーンウドにいた。僕は今、大通りに面したドイツ料理の店でビールを飲んでいる。時刻は午後7時を回っているというのに、空は明るく陽ざしはまだまだ強い。張りつめた気分の中で旅を続けて、それから休養してゆったりした気分で旅の余韻にふけるというのが、僕の好きな生活のサイクルだが、今はまさに旅の余韻にふけっている時だった。何か常に危険と隣り合わせでいるような感じはもうない。ここは僕が1年近くいて、よく見知ったところだ。食べたいものは食べたいだけ食べることができるし、乾いた喉を十分潤すことだってできる。

僕はサングラスをかけて椅子に深く腰掛けていた。行き来する車や人の流れを目の端に映しながら、頭の中では列車の中で出会った母親と幼い男の子の顔を思い浮かべていた。彼らは僕に心を許してくれた。たった1日の付き合いだったのに、僕を信用してくれた。

彼らとはザミーンウドからウランバートルに帰る寝台列車で部屋が同じだった。部屋の右側と左側に2段ベッドがあって、1部屋の定員は4人だ。母子は北京から帰ってきたらしく、その日の昼の出発間際、部屋に大きな荷物をいくつも抱えて乗り込んできた。僕がベッドに腰掛けていると、挨拶もなく、母親はいきなり「さあ、どいた、どいた。」と苛立たしげに叫んで、僕をベッドの上に追っ払って、大きな荷物を次々とベッドの下に押し込んだ。

日本で言えば、あまりに無礼な態度だが、僕はモンゴル人のこういう態度に慣れていた。別に大した意味はないのだ。こんなことを気にしたり、腹立たしく思っていたりしたら、モンゴル人は逆に驚くだろう。

列車が動き出してしばらくすると、母親は2段ベッドの上の方で寝ている僕を呼んで、飯を一緒に食おうと言った。ベッドの間にあり、窓の下に設置された机の上に、母親は細かく切った羊の肉とパンとチーズを並べて、「さあ、食え食え」と僕に言った。母親の隣にいる男の子はぽかーんとした顔で見上げるように僕を見ていた。

彼らは列車の中でやけにくつろいでいるように見えた。母子の他に中年の、鏡餅のような腹をした男が乗っていたが、彼は列車が走り出すと上半身裸になり、ポッコリお腹が出て二段腹になった腹を僕らにさらしていた。

彼らは僕が日本から来た留学生だと知ると、いろいろと質問をした。中年の男が聞いた。

「日本人は百歳まで生きる人がいるんだってねえ。」

僕がそうだと答えると、母親は目を見張って「はあああ」と感嘆の声を漏らした。

母親は家族と離れて暮らして、さぞ寂しかろうと僕に聞いた。僕はそうでもないと思っていたが、「ええ、まあ」と適当に答えた。母親は僕に若白髪があるのは、きっと寂しい思いをしてきたからに違いないだろうなどと言っていた。

その日の夕刻、列車の車両の乗り換えがあり、ある駅でいったん列車から降ろされた。小さなバック1つしかしょっていなかった僕に対し、列車から降りる時、母親はまるで自分の子供に指図するように、「さあ、この荷物とこの荷物を持って。」と僕に命令した。僕は大きな荷物を両肩に抱えた。列車を降りて、プラットフォームに荷物を置くと、僕はいくつもの荷物を1つに固めて、その上に腰掛けて、1つの荷物も見失わないよう気を配った。プラットフォームは白いコンクリートのタイルが整然と何十メートルも並んでいるだけの殺風景なところで、そこに多くの乗客がその場を埋め尽くすように荷物を置いていた。母親は何か食べ物と飲み物を買ってくるから荷物を見ていてくれと僕に言って、幼い男の子と僕を残して、駅舎の方へ行ってしまった。男の子は母親が行ってしまうと、荷物にどっかり腰掛けてあたりを見渡しながら、ペットボトルに入った水をちびちび飲んで、僕にも「飲むかい?」と聞いて、僕にそのペットボトルを差し出したりした。男の子が僕の隣にいて、何の気兼ねもなくあたりに目を泳がしている姿が妙にうれしかった。

次の日の昼過ぎ、僕は母子とその中年の男とウランバートルの駅で別れた。駅を出たところで、彼らはそれじゃあと軽く手を挙げて、そのまま背中を向けて僕から遠ざかっていった。

彼らに対する愛おしさともう会えないと思う寂しさが交錯して思い出され、僕はそのドイツ料理屋の椅子の上でのけぞりながら、ただただ青い空を眺めていた。

ザミーンウドは、ほんの数キロ先に中国の領土を眺める、モンゴル最南端の小さな小さな町だ。広い荒野の中に駅を中心に少しばかりの家屋が密集しているだけの小さな町。僕はここに2泊して帰ってきた。駅から離れて、疎らに家屋が並んでいるところを抜けていくと、何もない荒野がしばらく続き、向こう側に見渡す限り鉄柵が縦断していて、明確な境をなしている。その鉄柵の向こうに灰色のコンクリートで出来た建物が並んでいるのが見える。そこはもう中国だ。

町の中を歩いて回るにはあまりに小さい町で、1日をこの町で過ごすには時間を持て余してしまうので、僕は家屋の並んだところを抜けると、荒野の果てにあるその国境の鉄柵を延々と眺め続けていた。あらゆるものがこのモンゴルという国とは違う世界がすぐ目の前にある。そしてそこは固く閉ざされていて、国と国とが複雑な思惑を持って対峙しているようだ。睨みあっているようだ。あの柵は、ここから先へは行かせない、入り込ませないという強い意志と敵対心の表れなのだろう。譲れない何かがあるのだろう。そんなことを思いめぐらしながら、僕は荒野の中に見渡す限り張り巡らされた鉄柵を眺めていた。

僕は店員にビールジョッキをもう1つ頼むと、はあとため息をついた。何かやるべきことをやっていないような気がしてならない。つい2日前にウランバートルに帰ってきたばかりだというのに、何か物足りなさを感じている。

僕には何かが足りない。あの中国との国境に張り巡らされたあの鉄柵はいったい何だろう。地続きだというのに、あそこから一歩も先へは入っていけないとは、どういうことだろう？あの鉄柵は生半可な気持ちでは向き合えない何かがある。触ったら死にますよと忠告された、高圧電流が流れる電線を眺めるような、そんな気分になる。

日本に帰るまであと1カ月……。あと1週間だけでいい。この住み慣れたウランバートルを出て、旅に出よう。きっと新しい出会いが待っている。僕はふとそう思い立つと、ぐっとビールジョッキを飲み干して立ち上がった。

五

ウランバートルを出てからもう数時間も経っただろうか？乗客を乗せた10人乗りのワゴン車は、舗装もされていない、でこぼこの道をひた走りに走っている。陰ひとつない平坦な草原が続いていて、地平線が見える。直射日光が窓からもろに顔に当たって、僕はまぶしさに目を細めながら、ただただ外を眺めている。

僕は、旅に出ると決めた翌々日の夕方、地方へ向かうワゴン車の乗り場である青空市場へ行った。日差しがギラギラ照り付ける中、青空市場は人々でごった返していた。人をかき分け進むと喧騒の中に、売り子の呼びかけだけが際立って聞こえてくる。

商品が陳列されたいくつものテントを抜けると、そこは地方へ向かう車が何台も並んでいた。行先はフロントガラスの左端に紙を貼って記してある。僕はそこへ辿り着くと、ちょうど出発時刻が一番早かったワゴン車に乗り込んだ。10人ものお客が乗った。肩も膝もすぼめていなければならないほど、窮屈だった。行先はウランバートルから車で15時間ほどかかるバローンオルトというところだ。小さな町らしいが、名前も聞いたことはないし、どんなところかも知らない。僕はとにかくどこでもいいから地方へ旅に出たかった。

窓の外は人っ子1人いない。草原だけが続いている。もしここで降りたら、狼や猛毒を持つ蛇なんかがいるのかもしれない。燃えるような日差しが降り注いでいるが、このあたりだと、水はどこで得られるのだろうか？このあたりに病院などあるのだろうか？このあたりで犯罪があったとして、警察はこのあたりの捜索などするのだろうか？ふといろんな疑問が湧いている。

僕はこの車の運転手に命を預けているのだろう。そんな気がした。もしこの運転手が信頼を置くのに値しない人間であれば、それこそとんでもないことになるなと僕は思った。

人を信じるということは、甘えでもあるのかもしれないと思う。この草原を延々と車を走らせて、いったいどんな景色が見えてくるのかも僕は知らない。どんな町に降り立つことになるのかも僕は知らない。なのに僕はそこで出会うであろう人々に、根拠のない期待を抱いている。食料を調達することも、寝床を確保することも、夜間の寒さも凌ぐことも、無事にウランバートルへ帰ってくることも、1人ではできない。これから行くバローンオルトに住む人々の好意に期待するしかない。しかし本当のところは、そんな好意を受けられる何の保証もないというのに。

途中、車が故障した。エンジンがブスブスといって、かかりが悪くなり、そのうち動かなくなってしまった。運転手は車を止めて、ドライバーやスパナなんかの修理道具一式が入った箱を出して、トンテン、トンテン音を立ててエンジンのあたりの修理を始めた。他の乗客が冷静でいるところを見ると、こういったことはきっとよくあることで、こういった場合黙って待っていればすぐにエンジンは回復するもののようだ。

僕は車が修理されている間、外に出て大きく背伸びをした。辺りは木1本生えてやしない。短い草がまばらに地平線の果てまで続いているだけだ。

車に同乗しているサラという名の若い女が僕の方に向かって歩いてきていた。額を見せて、肩まである髪は後ろに縛ってある。お淑やかという言葉がまったく似合わない、物腰が男のような女だ。僕のすぐ近くまで来ると、煙草を1本くれと言ってきた。僕は黙って渡した。サラは1口煙草を吸うと、天に向かってため息をつくように煙を吐いた。そして横目でうかがうように僕を見て言った。

「ねえ、あんた。こんなところに来て何が楽しいの?」

「何が楽しいって、そうだな。ここには僕を煩わしく感じさせるものは何もない。広大な草原とどこまでも広い空が拡がっているだけだ。一人ぼっちでいても愉快に感じるよ。」

僕は見知らぬ女に警戒心を解くことができないまま、無表情にそう言った。

「ふ〜ん。きっとあんたは寂しい人なのね。」

僕は黙ってその女の顔を見た。寂しいのはこの女の方じゃないのかと思った。

車は再び走り出した。陽が沈む前に、草原の中にポツンと立てられた2件のゲルの前で止まった。遊牧民のおばさんと髪を金色に染めた幼い子供が黙々と夕食の準備をしていた。

僕らはゲルの中で輪になって、ツォイウァンという焼きそばみたいな料理を食い、少々の馬乳酒を飲んだ。外で犬の吠える声が聞こえたので、僕はふと思いついたことを隣の若い男に言った。

「モンゴルでは犬はよく見かけるけど、猫は全然見かけないねえ。」

すると、向いに座っていたサラが男が答える前に言った。

「私は猫は嫌い。猫はいつも怯えてばかりいる。臆病な奴は嫌いだな。」

サラはサングラスをかけ、ベッドの上に片足かけて座って、偉そうな口を聞いた。

猫なのはお前の方なんじゃないのかと僕は思った。キザにサングラスをかけて、足を組んでいるサラは、ただの強がりで内心は臆病なのではないかという気がしていた。

僕の隣にいた若い男はダンサーだそうだ。バローンオルトで行われるナーダム（モンゴルの国民的お祭り）で踊るそうだ。この男は夕食後、僕が1人でゲルの周りを歩いていると、バローンオルトについたら、バローンオルトの女に声かけて一緒に遊ぼうと言って、僕に品のない笑い方をした。

やがて、再び走り出した車の中で陽が暮れた。窓の外は闇に包まれ、地平線から真上の空まで、ちりばめられた星々が煌めいている。まるで人類に忘れ去られた自然界のように、まるで太古の自然そのままのように、静かに大地が拡がっている。

車の同乗者達から寝息やいびきが聞こえる。エンジンの音が静かに響き、でこぼこ道を車がガタガタいいながら走っているのが聞こえる。運転席と助手席に座った男たちが小声で何か話している。僕はそれらの音の中で眠りについた。

カンカンと音がしているのに目が覚めた。だいぶ寝たような気がしたが、時計を見るとまだ午前2時だった。車はまた故障で、道の途中に駐車して、ボンネットを開けて修理をしているらしかった。寝ている人をかき分けて、僕は外に出た。煙草を1本吸う間に車のエンジンが勢いよく唸りだして、運転手にすぐ車に乗るように言われた。

座席に座ると、いつのまにかサラが僕の隣に座っていた。

「ねえ、ホクト。バローンオルトに着いたら、私の家に来ない？」

サラが僕の耳元に口を近づけてそう言った。

「ああ、でも僕は僕で向こうに着いたら、いろいろ予定があるのさ。」

　僕は振り向きもせずにそう言うと、目をつぶって寝ようとする素振りを見せた。サラが僕の顔を覗き込んでいるような気がして、どうも気になって眠れない。

　ふと後ろの座席で体をこすりあうような音がした。女の吐息も混ざって聞こえる。僕は思わず目を開けて、ゆっくり後ろを振り返ってみた。すると暗い中ではあったが、僕の目の前であのダンサーの男と小太りの若い女がキスをしていた。男は女の顔を両手でまさぐりながら、顔を擦り付けるようにして、なめるようにキスしている。通常こういう場合、すぐさま目を背けるべきなのに、僕は数秒の間、呆然とその光景を見ていた。他の乗客は寝ているようだった。すると僕の視線に気づいたダンサーの男は、ニヤリと僕を見て笑い、僕にウインクをしてきた。そうしながら、今度は右手を女のTシャツの下から差し込んで、胸の辺りをまさぐり、僕の方を見ながら、得意げにニヤニヤ笑っている。女の方をみると、顔を男の胸に預けたまま、じっくり快感を味わっているようだった。

　僕はまた勢いよく前を向いた。そして目をつぶった。車の窓の外は、こんなに美しい夜空が拡がっているというのに……。車から降りてしまいたかった。延々と続くこの車の旅がもどかしく感じた。僕はただ妙なことに関わりたくなかった。だが、次の瞬間、左手の甲に重みを感じた。サラの手だった。僕がふうとため息をついただけで、何の反応も示さずにいると、サラは体をぐっと僕に預けるようにして、僕の肩に顔を乗せて、右腕を僕の左腕にからめるようにして組んだ。

「おい、サラ、おい、サラ。」

僕がそう呼びかけても、サラは体を離さない。それどころか、体の向きをかけて僕の上に覆いかぶさってこようとした。僕は目の前にサラの顔が近づいてくるのを見て、思わずサラを突き飛ばした。それからはっきりサラの顔を正面に見据えると、睨み付けてただ低く小さな声で一言。

「おい、やめろ。」と威嚇するように言った。

サラは僕に睨まれると、意外にも目を背けず、僕をじっと睨み返してきた。暗闇の中、サラは見開いた目で僕の心の内を見極めようとするように僕の目を見ている。次の瞬間、サラは右腕を伸ばし、僕の右頬をつねった。僕はすばやくその腕を振り払った。ふうと息を吐いて、サラを睨んだままギリギリと歯ぎしりした。僕のそんな仕草をみて、サラは僕を小ばかにするように、ふっと声もなく笑った。

「あんたも猫ね。ホクト。何をそんなに怯えているの?」

「何だと。」

思わず僕は声が大きくなった。ふと周りの人間が目を覚ましてやしないかと、あたりを見回した。周りの人間は何事も知らないように、ぐっすり眠っていた。サラは大きな声を出して笑い出した。

「あはははははは。やっぱり猫ね。ホクト。近づくと一目散に逃げ出す猫と一緒。猫、猫、猫よ。犬はもっと素直だもの。だから猫は嫌いなの。」

助手席に座っていた男がこちらへ振り向いたので、僕は思わずうつむいて顔を隠そうとした。しかし僕のそんな仕草でますますサラから嘲笑われる気がした。

「サラ、俺が嫌いならどっかへ行け。」

僕はもうなげやりな気分になっていた。

「ほほほほほほ、どっかへ行けってどこへ?ホクトこそ、どっかへ行ったらどう?この車から降りて草原の中をどこへでも行きなさい。猫ね。ホクト。猫よ。ホクト。そうやって私から逃げ出すのね。」

サラは一息にそう言うと、背もたれに深く寄りかかり、顔は仰向けて天井を眺めていた。僕は黙っていた。猫が全身こわばらせて裏返ったような鳴き声を上げ、こちらが近づいていくと、一目散に逃げ出していく姿を思い描いていた。

「ホクトって、本気で怒ることもしないのね。日本人ってみんなそうなの？」

サラはそのままの姿勢でこちらを見ずに急に冷めたような声でそう言った。

僕はふうと大きく息を吐いた。その瞬間、自分の中で何かが吹っ切れたような気がした。

周りの人間は相変わらずスヤスヤと寝息を立てたり、グウグウいびきをかいたりして眠っていた。しかしそんなことはどうでもいいことだった。

「つまらない男ね。ホクト。あなた、私に言いたいことはないの？」

僕はサラの方へ向き直った。僕を見上げるサラの目は僕の次の言葉を期待するような目をしていた。次に僕が何を言い出すのかをじっと待っている。

「僕が猫なら、サラは犬かい？サラも猫だろう？男みたいにかっこつけやがって。臆病な奴は嫌いって、サラこそ、臆病なんだろう。はっきり言うけど、僕はお前が嫌いなんだ。」

僕がそう言うと、サラはまた手を伸ばして、僕の右頬を強くつねった。

「やめろったら。」

僕は僕の頬をつねっているサラの右手を持って、ゆっくり引き離した。

「私が嫌いなら、もっと怒ればいいじゃないホクト。思いっきり殴ればいいじゃない。どうして黙ったまま、私を無視するの？」

サラの言葉つきに棘がなくなった。サラの目が一瞬曇ったのを僕は見た。それはあまりに自然な仕草だった。

「わかったよ。無視しないよ。でもサラを殴りはしないさ。」

僕がそう言うと、サラは僕の右手を握って、体をすり寄せて僕の肩に頭を乗せた。

「もう無視しないんでしょ。ねえ、ホクト。私はね、去年、大事な人を失ったの。婚約した人が死んでしまったの。」

悲しみ……。悲しみ……。見えないところに悲しみがあった。普段は人には見えない、その人が抱えた悲しみ。悲しみは心臓のように鼓動をしているけれど、多くの人がそれに気づけない悲しみ。僕がサラの目をじっと見つめると、ほんの一瞬サラの顔がゆがんだ。

「うん、うん、そうだったのか。」

僕がそう言いながらうなずくと、サラも僕の仕草に合わせるようにうなずいた。

「ねえ、わかる？ホクト。私はね、その大事な人を失った瞬間、空から真っ暗闇が降りてきて、この地上のあらゆる光を奪っていってしまったの。おいしいケーキも素敵な音楽も、どんな素敵な景色も、ざらついた石のように感じてしまうの。ねえ、わかる？」

訴えかけるような目をして、サラが僕の脇から僕を見上げる。

「うん、うん、そうなんだね。」

僕は恋人を失ったというサラの身の上をいろいろと想像していた。

「突然だったの。私の大事な大事な人が車に轢かれて逝ってしまった。一瞬で世界が暗闇に包まれてしまうなんて、そんなこと、今まで想像したこともなかった。ねえ、ホクト、私はね、私は毎日をね、悲しみから逃れようとすることに精一杯なの。ただただ疲れて自然に眠ってしまうまで、ずっと歌って踊っていたいだなんて考えたりするの。」

僕はもうサラが傷つくような言葉を、少しも口にすることは出来なかった。

「うん、そっか。寂しいね。寂しいよね。サラは寂しい人なんだね。」

僕がサラの耳元でそう言うと、サラは僕の肩に顔を擦り付けたまま、静かにシクシクと泣き出していた。僕はさすがにさっきのようにサラを突き飛ばす勇気はなかった。僕は肩にサラの頭の重みを感じながら、窓の外を眺めた。真っ暗闇の中、草原も何も見えなかった。夜空全体に散りばめられた星だけが煌めいていた。きっと窓の外の草原は誰のためでもなく、何のためでもなく自然のままに風が流れているのだろう。

バローンオルトには翌日の正午前に到着した。モンゴルは広大な草原が果てしなく続いている中に、ポツンと町が出現する。まるで砂漠にあるオアシスのように。

車を降りると、風が吹いて砂埃が舞った。車のやってきた方角を眺めると、家並みの果てた一本道の向うは草原で、真っ青な空が拡がっている。反対側を見ると、一本道の両脇に建物が並んでいる。どれも背の低い建物だが銀行や郵便局やホテルが並んでいる。

乗客は大きな荷物を車から降ろすのに手間取っている。サラは「さようなら」と僕に一言告げると、頬の端にかすかな笑みを見せて、手を振って僕に背を向け去って行った。僕は僕でしばらくあたりに目を泳がせて大きく深呼吸すると、小さなリュック1つを肩に背負って乗客の皆に別れを告げた。

埃っぽい町だった。舗装もされていない道からは、風が吹くたびに砂埃が舞った。しばらく歩くと、左手に大きな広場があった。四角い石のタイルが敷き詰められた広場だ。広場の中心で子供達が走り回っている。僕は近くの花壇に腰をかけてそれを眺めていた。

4人の若い男が広場を通り過ぎる時、僕に気づいたようだった。僕はモンゴル人と比べると、余程色が白かったし、この町では珍しいのだろう、僕が外国人だということを彼らは気づいたのかもしれない。10メートルぐらい先で僕を眺めている。何か思案しているようだった。

「おい！」

グレーのハンチングをかぶった男が、怒鳴りつけるように僕にこう言った。

「なんだ、何か用か？」

僕はそこから微動だにせず、座ったまま、声があたりによく響くように大きな声を出した。彼らは顔を見合わせていた。僕がモンゴル語をしゃべったからだろう。それから彼らは僕の方をまだ気にして、僕に視線を投げてよこしながら、広場を横切って行った。

僕はふうと息を吐いてその場を去ることにした。とりあえずホテルに入ろうと思った。


目が覚めた時、午後8時を回っていた。ホテルに入ってほんの2、3時間だけ眠るつもりでいたが、長旅でよほど疲れていたのだろう。気を失ったように眠っていたようだ。白い木枠で囲まれた窓の外はすっかり陽が落ちて真っ暗だった。僕はひとまず食事に出かけることにした。

ホテルの外に出ると、通りの向こうまで暗がりの中に沈んでいた。ところどころに灯されたわずかな外灯の光だけが、その手前の地面を照らしている。

僕は大きな深呼吸で冷たい大気を吸い込んで道沿いに歩いて行った。広場の脇を通り過ぎてしばらく行くと、道のずっと先に、あたりをぽっかり照らしている木造建ての酒場が見えた。僕はそこにまっすぐ歩いて行った。

酒場は多くの人で熱気に満ちていた。若い者から年寄りまでいた。それぞれテーブルを囲んで、にぎやかに交わされる会話が入り混じって聞こえてくる。僕は四人掛けのテーブルに1人で腰を落ち着けた。テーブルも床もカウンターもむき出しの木で作られていた。まるで木材が積み上げられた材木屋のようだ。

Tシャツにジーパン姿の若い女の店員がメニューを持って僕のところへ来た。黙ったままメニューをテーブルの上にほおり投げるように置いた。

「ビール。」

僕がそう言うと、店員は下を向いたままうなずいた。

「それとポテトサラダとボーズ。」

僕がメニューを見ながらそう言うと、その店員は首を振って、「ない」と言った。

「それじゃあ、ホーショールと何かサラダを。」

僕がそう言うと、店員はさっきと同じように首を振って「ない」と言った。

「じゃあ、何がありますか?」

僕がそう言うと、

「食べ物は何もない。飲み物だけ。」

そうぶっきらぼうに言って、さっさとカウンターのある方へ行ってしまった。僕はもう一度メニューを眺めてみて首を傾げた。そこには何種類かのサラダと肉類とスナック菓子とスープ類の料理名が確かに並んでいた。

ビールが来る前に、1人の大男が僕の前にテーブルを挟んで座った。日本で言えば、大型トラックでも運転していそうな、小太りでボーズ頭の中年の男だ。やけにニコニコしていて、やけに馴れ馴れしかった。僕に一言挨拶すると握手を求めてきた。僕は仕方なく手を伸ばして彼の手を握った。こういう輩は冷たくあしらうと途端に怒り出すものだ。

名前を名乗り合い、僕がウランバートルから今日来たばかりだと話すと、

「ここでこうして知り合えた記念にいっぱい乾杯するとしようじゃないか。」

彼はそう言って豪快にわはははと笑った。

「さあ、ウオッカを飲もう。ごちそうしてくれるだろ。」

彼はそう言って、メニューを取り上げると、カウンターの方へ向いて、店員に声をかけ

ようとした。僕はその瞬間に彼が馴れ馴れしく僕に話しかけてきた理由がわかった。

「ちょっとちょっと待ってくれ。僕はあんたにごちそうしてあげられるほど、お金をもってはいないんだ。」

僕がそう言うと、途端に、ニコニコしていた彼の顔がこわばった。

「お金を持っていない？ウオッカを1瓶買うだけの金もないってのか？」

そう言って脅しつけるように僕を睨んだ。

「ないない。僕はまったく金持ちなんかじゃないんだ。悪いがごちそうするほどのお金の持ち合わせがないんだ。」

眉間に皺をよせて睨み付けてくる大男の顔が目の前にある。僕は鼓動が早くなってくるのを感じた。そんな目で睨みつけられる覚えはない。僕は単にたかられているのだ。

「ウオッカがそんなに高いのか？ええ、高いのか？」

大男がテーブル越しに体ごと僕のほうにせり出してくる。さっさと金を出せと言わんばかりである。僕は黙ってその男を見つめていた。少し椅子を後ろに引いて、逃げ出せないかと様子を伺っていた。

ちょうどその時だった。店員の女が男の腕を引っ張った。

「ほら、あんた何やってるの？こっちへ来なさいよ。」

そう言いながら、男の腕を持って引きずっていった。様子から察すると、この男は若者に酒をせびる常習犯のようだ。

僕はそれからようやく店員が持ってきたビールをちびちびと飲んだ。やけに周りからの視線を感じる。一目でよそ者とわかるようだった。

「ズドラーストヴィチェ（こんにちは）。」

都会風のあか抜けた感じの30代くらいのスポーツ刈りの男が僕の前にやってきてロシア語で挨拶した。ロシア人のよくするような社交的な感じでニコッと笑って向いの椅子に座った。僕をロシアから来たブリヤート人とでも思っているらしかった。

「ズドラーストヴィチェ。」

僕もロシア語で挨拶を返して、ブリヤート人になりきることにした。

男が少し考えるように目線を上に挙げてから、ロシア語で何か言った。

「＊＊＊＊＊＊＊＊＊＊＊」

「ええ？」

僕が言葉の意味を理解できず首を傾げると、男は照れたように右手と顔を小刻みに振った。どうやら僕がロシア語を聞き取れなかったのではなく、自分のロシア語の発音が下手くそで僕に伝わらなかったと思ったようだ。僕らはそれからモンゴル語で会話した。僕はモンゴル国立大学で学んでいて、夏休みを利用してここに来たのだと話した。彼はこのバローンオルトの出身で、普段はウランバートルの商社に勤めていると話していた。時々ここへ帰ってくるが、1週間もこの小さな町にいるとたいした娯楽施設もないし、ここいらの連中は教養もないから話もはずまないし、退屈するんだそうだ。

「さっきの男を不快に思ったかもしれないがね、この街は貧しい町なんだ。それにこの街は水不足でね、3日続けて蛇口から水が一滴も出ないこともあるのさ。ここいらの若い連中は仕事にもありつけず、心が荒んでいるよ。こうやって夜になると、酒場に来て酒ばかり飲んでいるのさ。彼らは酒を飲むためなら、盗みでもたかりでも何でもやるよ。あんたもよくよく気をつけたほうがいい。」

僕はそう聞いて言葉を返すのを忘れて黙った。僕はまた振り返って周りを見渡してみた。何人かの男が僕の方を無遠慮に眺めながら、コソコソ何か話している。僕はジーパンの下に差し込んだサバイバルナイフを握りながら、いざという時のことを考えていた。いつのまにか店の中は玄関の方もカウンターの方も四方八方見渡せないくらい、人だかりができていた。立ったまま飲んでいる奴も多い。まさか、これだけの人の見ている前で僕に乱暴を働く奴もおらんだろう。問題はきっとこの店を出た後のことだ。自分の中で最高潮に神経が研ぎ澄まされていくのがわかる。これは危険を察知した時の本能なのだろうか？

女の店員が小さなグラスに入ったウオッカを持ってきた。男の頼んだものだ。

「まあ、とりあえず乾杯することにしよう。」

男は僕に恐ろしい話を聞かせておきながら、呑気な顔をしてそう言った。僕は黙ってうなずいたが、体全体で僕に向けられる視線を感じていた。ところが、女はグラスをテーブルに置きながら手短に男の耳元で何かしゃべった。それから女は何事もなかったようにカウンターのほうへ戻っていった。

男は溜息をつくようにふうと息を吐いて、ものうげに僕を見た。

「なあ、あんた、今すぐここの裏口から出てホテルに帰んな。急いじゃダメだ。トイレにでも立ったふりをして行くんだ。数人の男があんたの身ぐるみはいでやろうと算段しているらしい。一緒に行ってやりたいが2人で一緒に立つと怪しまれる。裏口はカウンターの右手を行った奥にある。さあ行きな。気をつけるんだぞ。」

冗談ではないようだった。いったいどういうことかと聞き返してる暇はないように思えた。とにかくここにいては危険らしい。僕は考えずに行動を起こすべきだった。

「わかった。ありがとう。」

僕は静かにそう言うと立ち上がった。ゆっくり歩いた。カウンターの方へ目をやるとさっきの女の店員と目が合った。心配そうに目を細めて僕を見ながら、「さあ、早く行け」と言っているようだった。僕は人ごみを押し分け押し分け奥へ入って行った。

「すいません。ちょっとすいません。」

裏口付近の辺りはやけに人が密集していて、僕は体を横にしながら人と人との間をすり抜けて行った。のんびりしてる暇はなかった。

「ズドラーストヴィチェ。」

近くにいた男が僕に声をかけた。僕は無視して通り過ぎて行った。

「なんだ、ブリヤート人か。」

「なあ、おい、一緒に飲もうや。」

そう言って僕の肩に手をかけた奴がいた。僕は振り向きもせずに一言返して歩いて行った。

「ああ、ちょっとトイレに行ってきてからな。」

やっぱりブリヤート人だと思われているらしい。これで僕が日本人とわかったら、奴らどう思うんだろう。僕が札束に見えるのかもしれない。ふと後ろで押し殺したような笑い声が聞こえた。僕はとにかく早くここから出たかった。

裏口を開けて外に出ると、冷たい風がさあっと顔に吹き付けてきた。店の中の音楽や喧騒はこもったような音に変わった。

細い板を張り合わせたような壁が2、3メートル先にある。僕は跳び箱を飛ぶような勢いで、駆け足で駆けて行って飛び上がった。壁のてっぺんに両手をかけ、伸び上った。民族衣装のデールを着てシルクハットをかぶった老人が壁の向こう側の道の上で驚いたように僕を見上げた。それから僕は足を壁の上にかけ下に飛び降りた。僕はその老人に聞こえるわけでもないのに、こう独り言をつぶやきながら走り出した。

「俺は食い逃げしてるわけじゃねえからな。」

僕は広場へ通じる道を走った。店の玄関から漏れる店内の音楽と喧騒が徐々に遠ざかっていく。2、3分も走ったところで広場に辿り着いた。広場の真ん中を2人の男女が腕を組んで呑気に歩いている。僕はいったん少し歩いて、呼吸を整えるとまた走り出した。見上げると夜空にオリオン座が見えた。日本で見るオリオン座と少しも変わらない。ただ東京はこんなに星が多くは見えないが。

ホテルの白い玄関を開けて中に入った。ホテルの中は少し暖かかった。フロントにいたおばさんが怪訝そうに僕を見ている。僕はゆっくり階段を2階まで上がってそれから自分の部屋に入って行った。綺麗に整えられたベッドの上に僕のおいてきたリュックが、外出した時のままにそこにあった。

時計を外した、それから財布を出して、ジーパンを脱ごうとしたが、ポケットに入れておいたはずの財布がないことに気づいた。僕は慌てて上着を脱いだ。ジーパンも脱いだ。ジーパンの下に入れておいたサバイバルナイフがゴトッと音をたてて下に落ちた。ポケットというポケットを裏返し、上着もジーパンも裏返して探したが財布はやっぱり見つからなかった。僕はペタンと床に座り込んだ。ハッと気づいてリュックを開けると、パスポートと3千トゥグルグ程度のお金がそこにあった。リュックもひっくり返して、中に入っていた衣服もすべて出して探したが、もちろん財布はないし、3千トゥグルグ以上の金もなかった。財布はあの店で人ごみをかき分けていく時にすられたのに違いない。僕は今日に限って上着の裏ではなく、ジーパンのポケットに財布をしまっていた。

僕はそれから1時間あまりも部屋の中を歩き回った。あの店に戻ることも考えた。しかし盗んだ金を返してくれる奴がいるはずもないし、もうこの部屋から出たくはなかった。

ウランバートルに帰るには金が1万トゥグルグ以上は必要だった。ここから何百キロも離れているのだ。移動手段がいる。僕はふとサビーナのことを思い出した。サビーナの微笑んでる顔を思い出した。

「なんとかなる。なんとかなる。深刻になることない。大丈夫、ちゃんとウランバートルには帰れるし、日本にだって帰れる。」

僕はまるで誰かに話しかけるように、しゃべっていた。

「なあ、この時計買わないかい?ほら見てみなよ。これは日本のデジタル時計さ。こうやって動かすと時間を測ることもできるし、さらにここを押すと目覚まし時計にもなるのさ。それにこいつのすごいのは水に濡れても壊れないところさ。腕につけたままで雨が降ってきても平気だし、このままシャワーを浴びても、川で泳いでも大丈夫なんだ。どうだい、ねえ、この時計を1万トゥグルグでどうだい?」

酒屋の男の店員は無表情に僕を眺めていた。冷め切った目をしている。銅像でも、もう少し愛想がいいんじゃないかと思えるくらい、ニコリともしない。僕はわざとチッと舌打ちをした。それでも男は無反応だ。僕は諦めて酒屋を出た。

時刻は正午は回っていなかった。まだ舗装がされていない道には砂埃が舞う。照り付ける太陽が潤いを奪って、町は太陽の熱で乾ききっている。おでこにかなり強い熱量と光量の日差しが照り付けてくる。僕はホテルに1泊分の代金しか払っていなかったから、もう室内で涼むこともできなかった。

今日はチェックアウトギリギリまでホテルの部屋で寝ていたし、お腹がパンパンに膨れるほどホテルの水を飲んでおいたので、しばらくは大丈夫だ。でも、いつまでもこの状態だと疲労もたまるだろうし、飢えと渇きに苦しみそうだ。

街並みの果ての草原に向かって、馬に乗った一団が僕の方へやってきていた。十数人の子供たちだった。つい最近まで母親の乳を吸っていたような小さな小さな子供が、それぞれ紺やえんじやベージュなどの、一色に染めた民族衣装デールを着て、自分よりもはるかに大きい馬にまたがって、背筋を伸ばして真っ直ぐ前を向いている。ゆっくりゆっくり僕のいる前を通っていく。まるで民衆の歓迎を受ける王様のように、ふてぶてしく堂々としている。まるで子供でいながら、誰からの庇護も受けていないかのようだ。

そんなことより僕には金が必要だった。手持ちの金が尽きる前に、何とかして金を用意しなければならない。そこで考えたのが、日本で買えば1万円以上はするデジタルの腕時計を誰かに売ることだった。質屋でもあればいいのだが、この小さな町にあるかどうか。

僕は広場まで出てきてあたりを見回していた。黒塗りの車が1台、広場の脇に止まった。スーツ姿の長身の若い男が颯爽と出てきて、広場と反対側の方向へ歩いて行こうとしていた。僕は男に駆け寄って行った。

「ねえ、お兄さん、頼みがあるんだ。この時計を買っておくれよ。実はねえ、僕はウランバートルに帰る金がなくて困ってるんだ。盗まれちゃったんだよ。」

その男は少しも歩を緩めることなく、まっすぐ歩いていく。僕は男と並んで歩きながら話し続けた。僕には目もくれないといった様子だ。僕は思い切って男の脇から彼の真ん前に立ちふさがった。僕は努めてにこやかに笑いながら、男の肩に手をかけて話し続けた。

「なあ、頼むよ、お兄さん。これ、いい時計なんだぜ。ちょっと見てみてくれよ。普通に買ったら10万トゥグルグはするんだぜ。それを1万……。」

突然だった。男の拳が僕のあごに飛んできた。身構える暇さえなかった。あごに強い衝撃を受けた。痛いと言うより、機械の配線をぶち切ったように体の機能が止まった。目の前が一瞬真っ暗になった。僕は顔は仰向いたまま、どさっと音を立てて仰向けに倒れた。

目はすぐに明るさを取り戻したが、目がチカチカして大きく開かない。動かそうとする手足は痙攣したように、ブルブルと震えた。ようやく手足の自由がきくようになると、僕は体を転がしてうつぶせになり、それから上半身を起こした。膝に力を入れて立ち上がろうとしたが、めまいがして立ち上がれない。口の周りに乾いた土がこびりついていて、土の味がした。

殴られる覚えなどない。あの目。さっきまで僕の目の前にあったあの男の目を思い出していた。人を人とも思わないようなあの冷め切った目。こんな侮辱があるだろうか。

男の姿はすでにここにはなった。

うつぶせになったままの姿勢で道の上を眺めていると、僕の傍を通り過ぎていく2、3人の人の足だけが見えた。誰かに声をかけてもらうのを僕は待っていたような気がした。人の足音やどこかで馬の鳴く声が聞こえた。僕は広場の端まではって行った。通り過ぎていく人が何人か僕を振り返って見たような気がした。僕は広場の端の石段に背中をつけて寄りかかった。

僕の土まみれになったTシャツとジーパンは、人の同情を買うには十分なはずだった。しかし、僕がこのまま干からびた死体になっても、人は目もくれないのかもしれない。直射日光が顔全体に降り注いで来ていた。

　僕はめまいがおさまってくると、ようやく立ち上がって、道の端の木陰までゆっくり歩いていって、そこで腰を落ち着けた。木の根元に寄りかかって、頭の奥に残った鈍い痛みが治まるのを待った。続けて大きく深呼吸した。腰骨の辺りを強く打ったらしく、一定のリズムでズキズキと痛んだ。

　怖い……。まるでこの小さな町に隔離されているようだ。まるで肉食獣から身を隠している草食動物のような気分だ。怖い……。何かとんでもないことが起きそうで怖い。しかしこの町から走って逃げ出したところで、延々と草原が何百キロ四方と拡がっているだけなのだ。僕は何としても一刻も早くこの町から逃げ出したかった。早くウランバートルの学生寮に帰って、自分の部屋で一息つきたかった。

　30分ほども休んでいただろうか、僕は立ち上がった。いつまでもウダウダと休んでいると、土の中に体が沈み込むように動けなくなるような気がした。人の目につくのも避けたい。僕は意を決して立ち上がった。食料品店で、赤い絵の具を溶かしたような色をした炭酸飲料を100トゥグルグ、鏡餅のような形をした半径15センチくらいの固いパンを200トゥグルグ、煙草を300トゥグルグで買った。ミネラルウオーターは500トゥグルグもするので買わなかった。

　僕は昨日ワゴン車を降りたあの通りを歩いていた。しばらく行くと競技場が見えてきた。競技場の周りの赤土の上に何台もの車が止まっている。僕はそこを通り過ぎて、緩やかに丘になった草原へと歩いて行った。町の中心部からはだいぶ離れていた。

　僕は木が数本集まって立っているところへ行って、そこに腰を落ち着けた。木陰に入れば、だいぶ体力の消耗は防げる。草が冷たくて手をつくと、優しく肌に触れてくる。本来ならナイフで切り取って食べるはずの大きなパンを前歯でちぎり、薬品のような匂いが鼻につく炭酸飲料でそのパンを喉に流し込んだ。

　僕はこれを一時の休息ということにした。心を整理したかった。これからどうすればいいのか落ち着いて考えたかった。それにもう人と接するのが億劫で嫌だった。

　僕はもうバローンオルトに来たことを激しく後悔していた。無計画に行き当たりばったりに、行動を起こすことがいかに愚かしいことかを思い知った。

　目を上げて草原の斜面のずっと先を眺めると、そこに弓を射る人々が目に入った。競技の最中のようだった。1列に並んだ人たちが1人ずつ矢を放つと、矢を放った先で手を拡げて何やら歌いながら、風に吹かれる花びらのように、ゆっくりした速度で踊る人がいた。

いったい僕は何しに来たのだろう?この胸にぽっかり空いたこの空白感はいったい何なのだろうと僕は思った。

『ねえ、あんた、こんなところに来て、何が楽しいの?』

サラが僕にそう問いかけた言葉を思い出した。

ここにいる誰もかれもが僕の住む東京を知らない。彼らは味噌汁さえ飲んだことがないだろう。お互い交し合う言葉が意味をなさず、言葉には情感も、それに伴う情景もない。何故、僕がこの町の人々から金をすられたり、殴られたりしなければならないのだろう。この町には何もない。この晴れ渡った青空も吹き上がる砂埃も照り付ける太陽も、僕にとっては空しさの象徴でしかない。

これは自由ではない。モンゴルに来た時、日本で常に感じていたしがらみからも束縛からも、僕は解放されたように感じた。しかし1年の留学生活の最後にこの町に辿り着いて、僕の感じたものは……虚無だったのか。

帰る。一刻も早く帰るのだ。今日の夕方にはウランバートル行きのバスに乗る。僕はそう決めると、炭酸飲料を飲み干し、半分ほど食べたパンをリュックに入れて立ち上がった。

僕はまた競技場の脇を通って、さっき来た道を戻って行った。広場へと通じる通りの右側に銀行が見えていた。僕は銀行の前まで来ると、衣服についた土埃ははたき、ふうと息を吐くと、扉を開けて中に入って行った。

カウンターの向こうにいる銀行員の女は、サラサラのショートカットで艶のある黒い肌をしていた。固く心を閉ざしたように無表情で、その目は何も語っていない。僕は重要なポイントは相手の心を動かすことだと思った。

「実は大変困っているんです。僕はウランバートルから来ているのですが、お金をそっくり盗まれまして、帰れないでいるのです。」

僕はこう切り出した。女は何の興味もないような目をして僕を見ていた。

「あの、本当に困っているんです。助けてほしいんです。」

僕は訴えかけるようにこう言ったが、女の表情は変わらない。

「それでお金を貸してほしいんです。この銀行は、ウランバートルに本店がありますよね。そこでお金は返します。僕は外国人学生寮に住んでいるんです。パスポートはこれです。」

僕はパスポートを女の前に差し出した。女は黙ってパスポートを取り上げ、ページをめくっている。

「お金を貸してもらえませんか。ぜひお願いします。」

女の表情はまったく変わらなかった。まるでロボットのようだ。

「いいえ、貸せません。」

女は短くそう言った。それしか言わなかった。

「お願いです。僕は今夜、泊まるホテルもないのです。今夜中にバスに乗りたいんです。」

僕が信用できないというのなら、僕が嘘をついているとでも思うのなら、言葉をつくしてわかってもらうしかないと思った。

「いいえ、ダメです。貸せません。」

女はそう言うと、もう用はすんだというように、立ち上がって背を向けて向こう側へ歩いて行ってしまった。女は音声案内をする機械のように感情が感じられない。僕が信用できないというわけではなさそうだった。僕が困っていることや、夜間の寒さをしのぐ宿さえないということや、食べる金にさえ困っているということなど、女には何の興味もわかないという感じだった。

僕は銀行を出た。お金が借りられないことより、あの女の無表情な目が僕を傷つけた。お前などどうなろうと知ったことではない。死んでしまえと言われたような気分だった。薄情者と罵ってやりたいような気がした。しかし僕がそう叫んでも、あの女はそんな悪態にも心を動かさないような気がした。

　僕はそれからふと思いついて警察を探すことにした。町の中を用心深く歩きながら、警察を探し続けた。と同時に町中で僕を訝しげに眺めたり、詮索するような目で僕を見てくる人で、親しみやすそうな感じを受ける人には、時計を買わないかいと声もかけた。しかし誰も首を振るだけで通り過ぎて行った。

　夕方になった。僕は住宅街へと通じる通りで、反対側から歩いてくる警官を見かけた。しかしその警官も僕の訴えに対して、無表情のままだった。金が盗まれたことも、殴られたことも、今金がなくて困り果てていることも、何を話しても、まるでラジオから流れてくる声や音楽を聞くともなく聞くように聞き流した。警官は黙っているままで、自分からは口を開こうとしない。そこで、

「どうしたらいいでしょうか？」

　と聞いてみると、

「さあ、知らない。」

　と呆けたような間抜けな顔で答えた。信じられない返答だった。怒りよりも呆然として僕はその警官を眺めた。

警官が僕に背を向け去って行った後、空を見上げると、空はオレンジ色に染まって日が暮れようとしていた。僕は行くあてもなく、住宅街の方へ歩いて行った。4階建てのアパートが3棟並んで立っていた。それぞれの窓には明かりがついている。あのワゴン車に乗っていた人はいないだろうかと思って、すれ違う人の顔をいちいち確かめた。僕はその周りのアパートを歩き回って、それから近くの食堂に入り、1時間かけて50トゥグルグのお茶を3杯飲んだ。しかし、いくら食堂内を眺めまわしても、僕と一緒にワゴン車に乗った人はいなかった。どこかでひょっこり、あのダンサーの男やサラと出会えないものかと思ったが、期待通りには行かなかった。

僕は食堂を出ると冷たい風に体が身震いした。僕はトレーナーにレインコートを羽織って、住宅街から町の中心部に向かう通りをとぼとぼと歩いた。あたりはすっかり暗くなっていて、家々の明かりから離れると足元さえ暗くてよく見えなかった。

「なあ、あんた、どこへ行くんだい?」

僕の背中の方から声が聞こえた。振り返ると50がらみの白髪の混じった短髪のおじさんが立っていた。僕はやっと心優しい人に会えたのかもしれないと思って、すがるように話し出した。

「あの、実はウランバートルに帰りたいんです。ウランバートルに向かうバスに乗ろうと思っていて。」

「あんた、どこから来たの？何人？」

「日本人です。語学留学でウランバートルで学んでいます。実はお金を盗まれてしまって困ってるんです。」

僕がそう言うと、おじさんは僕の二の腕をつかんだ。

「よし、じゃあ俺が車に乗せてやるよ。こっちへ行こう。」

そう言って僕をひっぱっていこうとする。気づくと、いつのまにか背後に男が1人立っていた。そいつは薄汚れた粗末な服を着ていてやせていた。前歯が1本なかった。僕は人通りのある道から外れることを恐れた。

「このリュックは俺が持っといてやるよ。」

背後の男はそう言って、あっというまに僕の背中にかけてあったリュックの肩掛けのフックを外して、奪い取ってしまった。

「ちょっと待ってくれ。リュックは僕が持つ。」

「まあ、いいからいいから、さあ行こう。」

やせた男はそう言って僕のリュックを肩にかけ、僕のもう一方の腕をつかんだ。僕は両腕を左右から2人の男につかまれる格好になった。

「ちょっと離してくれ。車なんかに乗せてもらわなくていい。僕はバスで帰るんだ。」

僕は足を踏ん張って、2人してぐいぐい引っ張っていく力に抵抗しながら叫んだ。

「ウランバートルに行くバスなんかないよ。車に乗っていくしかないんだ。」

50がらみのおじさんがそう言いながら、僕を引っ張る。

「嘘をつくな。僕はバスがあるのを知ってるぞ。」

そうしているうちに僕は30メートル程も引きずられていた。引きずられていった先には地獄が待っている。僕はそんな気がした。

「うらあああ。」

僕は思いきるようにそう叫びながら、痩せた男の喉元に右ひじで、ひじ打ちを喰らわした。痩せた男は「うっ」と短く唸って僕の腕から離れた。その瞬間、おじさんの拳が僕の左頬をなぐった。それから僕の右腿を蹴飛ばし、僕がふらつくと僕の胸元をつかんだ。

「さあ、こっちへ来るんだ。」

お互い相手の胸元をつかみあいながら、ひっぱりあった。おじさんの方が力が少しだけ強かった。僕は少しずつ引きずられて行った。痩せた男は喉元を抑えたまま動かない。

「おーい。どうしたホルホイ。」

薄闇の中から他の男の声がした。

「おい、こっちへ来てくれ。手を貸してくれ。こいつは日本人だぞ。」

おじさんがそう返答すると、その男が薄闇の中からこちらへ一目散にかけてくる。

僕はそれがわかると、つかみあったまま、おでこを思いっきりおじさんの鼻に打ち付けてやった。「うわっ」とおじさんは短く叫んで、僕から腕を離し、顔を両手で抑えた。

僕は全速力でその場から駆け出し、彼らから完全に行方をくらますまで走り続けた。100メートルぐらい走って、振り返ると誰も追ってはきていないようだった。僕はそのまま広場のある通りに出て、競技場のある方へ向かって走り続けた。

見上げるとオリオン座が見えた。僕はふと小学生の頃、夜中に家から外へ出て星座を観察していた時のことを思い出した。

僕は競技場を通り過ぎて、緩やかな斜面が続く丘を歩いて登って行った。だいぶ高いところまで登って振り返ると、夜の闇に沈んだ競技場が足元に眺められた。誰かが僕を追って来たとしても、月明りで目を凝らして見れば100メートル先からそいつを見つけられる。

いったん立ち止まって、はあ、はあ、と息を吐いた。また歩き出そうとして、右足を一歩出すと、右腿の内側の筋肉が痛くて思わず立ち止まった。膝を曲げようとすると、激しい痛みが走った。もう足を引きずるようにしか歩けなかった。きっと頬を殴られ、続いて足を蹴飛ばされた時に痛めたのだ。

僕は歩くのをやめてそこにしりもちをつくように座り込んだ。じっとあたりを眺めた。人の気配はなかった。そよそよと風があたりを吹き抜けていった。

モンゴルは昼と夜の寒暖差が激しい。夜が深まれば、もっと気温は下がるだろう。

競技場から上に目を転じると、不思議なくらい大きく真っ赤な月が浮かんでいた。泣き出してもいいようなシチュエーションだが、僕は意外と穏やかで落ち着いた気分でいた。そんな自分が不思議だった。死ぬかもしれない。もう今は手元に食べる物もない。飲み物もない。パンの入っていたリュックはあの痩せた男に奪われた。この足では暴漢に襲われても走って逃げることさえできない。1泊分のホテル代もない。わずかに残った金が尽きるのも時間の問題だ。わずかに残った金とパスポートはTシャツの下にしまわれていた。

「死ぬかもしれんなあ。」

僕は月を眺めながら、そんな独り言をつぶやいた。日本が途方もなく遠く感じた。この果てしない草原をどこまで進んで、さらに海の上をどれだけ越えて行けば、日本にたどりつけると言うのか。

「ここで死んで、死体がここで野ざらしになるのも嫌なもんだなあ。」

僕はまた誰が聞くでもない独り言をつぶやいた。

〝サビーナ。君は今何をしてるんだい?もしかして温かい寝床でスヤスヤと眠っているのかい?それとも家族と歓談しながら、まぶしい笑顔を見せているのかい?〟

もし今、サビーナが僕のこの姿を見たら、心底心配そうな顔を見せて、駆け寄ってきてくれるに違いないだろうと思った。いろんな人の笑っている顔や怒っている顔や泣いている顔が浮かんできた。僕がここにいるんだってことを、みんなに知ってもらいたいと思った。みんな、それぞれの日常の中で、何かに夢中になったり、何かで悩んだり、何かを楽しんだりしているのだろう。僕には何の関心も向けずに。お互い交し合う笑顔をこんなにも恋しいと思ったことはなかった。

風が吹き抜けるたびに僕は身震いした。いつのまにか口の周りの皮膚が、つねってもあまり痛みを感じないくらい、麻痺しているのを感じた。手もそうだった。僕は手をこすり合わせて、はあ、はあと息を吹きかけた。こうして体の外側から冷えていって、しまいには体の中心まで冷え切ってしまうのかもしれないと思った。

人生は突然終わる。なんの前触れもなく、こちらには何の用意もなく、死は突然やってきて、人生が終わる。きっとそんなものだ。僕は今を生きていた。僕はたかが1週間先の未来さえ考えることができなかった。今は朝になって気温が上がるまでの数時間を、どうやって乗り切るかが目下の課題だった。

しまいには寒さで歯がガタガタ震えだした。丘は風通しが良すぎるのかもしれない。今は夜の11時。陽が昇るのが6時としてあと7時間。とてもここでは寒さをしのげない。僕はここを下りることにした。もう少し風が防げる場所に行く必要がある。僕は膝を曲げないようにゆっくり立ち上がると、右足を引きずりながら丘を下りて行った。

一歩一歩ゆっくり足を踏みだしながら歩いた。この時間には町のほとんどの明かりが消え、丘からは競技場の壁がかすかな月明りを受けて、おぼろに見えるだけだった。

僕は競技場の壁に触れるところまで来ると、その周りを回って、やっと風を壁で防いでくれる場所に辿り着いて、まるですべってしりもちをつくように、勢いよくそこに座り込んだ。風が直に当たらないというだけで、だいぶ体が楽だった。僕は手の指を1本1本口の中に押し込んで温めた。そしてそこに横になった。ふと、てんぷらうどんのことを思って食べたいと思った。温かいうどんと春菊やエビのてんぷらをうどんのつゆにつけて食べたいと思った。そして次々と食べ物のことを思い浮かべた。真っ白なごはんと味噌汁。コーンスープ。舌がやけどしないように、息を吹きかけながら飲む甘酒……。これらは、口にしたいと思った時はいつでも口にできた時もあったのに。

　僕はそんなことを思い浮かべながら、その場に海老のように丸くなって目をつぶった。このまま無事に朝になってくれればと思った……。


……………………………………………………………。


「ねえ、北人さん。あなたは自分の立っている場所がわかる？ あなたは自分が誰だがわかる？」

　僕は暗闇の中で誰かと相対して立っている。暗がりの中に浮かび上がるように、誰かが僕の向かいに立っている。姿、形は闇の中に沈んでおぼろげだったが、僕はそこにいる人が宙だということがわかっていた。

「北人さん。誰の言うことも聞いては駄目なの。誰かに手を引かれて歩いているだけでは駄目なの。さあ、あなたは何を志すの？ あなたは何をするの？ あなたは自分で決められるのよ。誰が何を言おうと関係のないこと。あなたは自由よ。さあ、生きなさい。さあ、生きるのです。あなたはまだ自分の人生を生きているとは言えないの。」

…………………………………………………………………………

僕は大きく身震いして目を覚ました。風向きが変わったのだ。壁と反対側の方から風がビュウビュウと吹いてくる。仰向けのまま見上げた空に、星がチカチカと点滅している。あたりは静かだった。顔全体の皮膚が半分、感覚をなくしている。体はけだるく、頭が重い。僕はまた風が吹き付けると、大きく身震いして立ち上がった。

自分の頬を平手で強く叩いた。「うああああああ」と大きく声をあげた。「うああああ、うああああ」僕は叫びながら、足を引きずって競技場の壁沿いを反対側へ向かって歩いた。時計を見ると時刻はまだ1時を回ったばかりだった。

反対側へ辿り着くと、僕は崩れ落ちるように腰をおろした。壁が冷たい風の防波堤になってくれていた。僕はまたそこで横になった。

僕は無様だろうか?愚かだろうか?軽率だろうか?

レインコートもジーパンもきっと土まみれになっている。壁に触れるとざらざらとした手触りがした。何も見えやしなかった。澄んだ夜空に星や月が瞬いてるだけだ。

こんなところでうずくまって震えているのも、きっと自業自得というものだ。僕は何も考えていないのだ。僕は人生を酒によっぱらったようにふらつきながら、歩いているだけなのだ。しかし、どこにこの人生を生きていくための指針があるというのか？

僕はもはや、日本へ帰れるかどうかが、わからなかった。人生の終わりがすぐ目の前に迫って来ているような気がした。僕はジーパンの下に手を伸ばして、サバイバルナイフを取り出した。それから体を起こして壁に寄りかかって座った。サバイバルナイフの刃が、月明りを受けてキラリと光った。

僕はこのサバイバルナイフをいざという時になって、使うことができるだろうか？まともに歩くこともできない体で、何者かに襲われた時、手元にあるパスポートやわずかに残った金さえ奪われそうになった時、僕はこのサバイバルナイフを振り回して、相手を傷つけてでも自分を守ることができるだろうか？

僕はそんなシーンを思い浮かべてみた……。いや……きっとできない。サバイバルナイフで人を傷つけるのには、大きな躊躇がある。踏み越えられない一線がある。

だけど、僕にだって意地がある。僕にだって誇りがある。あの呆けたような顔をした警官、あの銀行員の女、僕を襲った暴漢、僕の金を盗んだ盗人。本当に僕は何もできなかったというのか。僕はまだ誰かに手を差し伸べてもらえるのを、ただ待っているだけだと言うのか。

僕は立ち上がった。僕は思い切って屈伸した。とたんに右腿にズキっとした痛みが走った。

「なあに、骨が折れてるわけでもない。大丈夫、ちょっと我慢すれば走れる。」

僕はそうつぶやくと、暗がりの中を一歩ずつ歩いた。

しばらく行くと、町の通りを照らす外灯が遠くに見えた。僕はそれが見えると、小走りで走り出した。僕はまた空にオリオン座を見た。

通りを広場に向かって走っていると、僕が宿泊していたホテルの前に1台のタクシーが止まっていた。僕はそのまま後ろの座席の扉を開けると中に入った。

「ウランバートルまで行ってくれ。」

運転席にいた初老の小柄な男が、垂れ下がった目で僕を訝しげに見た。僕ははあ、はあと荒く息をしながら、呼吸を整えていた。

「ウランバートル?ダメだ。もうこんな夜中だぞ。」

「わかってる。3万トゥグルグ出そう。3万トゥグルグ出すから、行ってくれ。僕は緊急にウランバートルに帰らなきゃいけないんだ。」

僕は本来の乗車代の倍の金額を提示した。

「ダメだ。ダメだ。さあ、降りてくれ。」

男は顔をしかめて、心底嫌そうな顔をした。

「5万トゥグルグだ。5万トゥグルグ出す。それでどうだ。」

男はジロジロと僕を眺めまわして、何か考えていた。

「5万トゥグルグ……。今払えるのか?」

「今は払えない。ウランバートルに帰ったら払う。僕は日本人だ。金は学生寮にある。」

僕は急かされたように言って、Tシャツの下に手を入れると、パスポートを出して、男の目の前にパスポートを見せてやった。

男はしばらくじっと僕を眺めていた。それから男は黙ったまま、携帯電話を取り出し、ダイヤルボタンを押した。かけた相手と小声で話し始めた。かすかに「日本人が……」と言ってる声が聞こえた。僕は瞬時にこの男を信用してはいけないと感じた。

「もういい。俺は降りる。」

僕はそう言うやいなやタクシーを飛び出し、身を隠すようにまた広場へ向かって走った。広場に辿り着き、広場の中心まできて立ち止まった。気持ちがはやっていても、いったいどうしたらいいのか、わからなかった。

「ホクト！」

悲鳴にも似たような女の叫び声が聞こえた。振り返ると、サラが取り乱したような顔をして、広場の端から僕の方へ駆け寄ってきた。

「サラ……。」

いったいこんな夜中に何をしているというのか。

「ホクト。探したんだよ。この町に日本人が来ているって噂になっていて。あなた、人を2人も殴ったでしょう。彼らの仲間があなたを見つけ出したら、ただじゃおかないって言って、近くの酒場なんかを歩いて回って、あなたを探してるんだよ。私はそれを酒場で聞いて、それからずっとあなたを探してたの。さあ、こっちへ来て。こんなところにいたら、人の目につくでしょう。」

サラは僕の手を取ると、走り出した。僕らは広場を抜けて、狭い路地を入って行った。僕らは立ち止まることなくひたすら走り続けた。路地をいくつも抜けて、町のはずれに出て、僕らは外灯も何もない小道をひたすら走った。その先に車が止まっていて、そこで僕らは立ち止まった。運転席から1人の背の高い男が出てきた。

「バトーです。サラの兄です。よろしく。」

そう言って嬉しそうにニコニコしながら大きな手を差し出した。

「ホクトです。」

その手を握ると大きくて温かくて分厚い手だった。

「さあ、ホクト。車に乗って。兄があなたをウランバートルまで送ります。」

僕はうなずくと助手席に乗り込んだ。扉はまだ開け放しておいた。サラは後の座席から手提げかばんを取り出して、僕に渡した。

「ここに私の作ったボーズとパンとチーズがあるの。車の中で食べてね。それとこれはお茶が入った水筒。」

「サラ、僕は今何も持っていないけど、この時計をあげる。僕らが出会った思い出に、受け取ってよ。」

僕はそう言って腕時計をサラに渡した。

「じゃあ、私はこれをあげる。これはお守り。これは北人を守ってくれるから。」

サラはそう言って、動物の骨がついたネックレスを僕に渡した。

「うん、ありがとう。」

僕はそう言ってから、サラの右手を両手で握った。

「サラ、僕はサラにひどいことを言ったね。ひどいこともしたね。嫌いだなんて言ってしまった。ごめんね。僕はサラが大好きだよ。ずっと僕を探しててくれたんだね。一生、忘れないよ。今度出会った時は、もっともっと話をしようね。この前はあまりサラの話を聞いてあげられなかった。いつかサラの話をいろいろ聞きたいな。今日は本当にありがとう。本当に……。」

僕がそう言うとサラは涙目になりながらも、微笑んで、うん、うんとうなずいた。僕はサラの手を引っ張ってギュッと強く抱きしめた。

僕が腕を離すと、サラは僕の顔をじっと見つめて、「さあ」と僕を促した。僕はそれじゃあと言って、助手席の扉を閉めた。

「それじゃあ、ホクト。元気でね。さようなら。」

「うん、サラも元気でね。さようなら。」

車が動き出した。僕は窓から顔を出して手を振った。しかし、サラの姿は夜の闇に紛れてあっという間に見えなくなってしまった。

僕は窓を閉めると、水筒のお茶を飲んだ。喉を温かいお茶が潤していくのがわかる。

ボーズにかぶりつくと、中の肉汁がじゅわっと口の中に拡がった。

「うまい、うまい。」

僕はそうつぶやくと、一筋の涙が頬をつたって流れた。これで日本に帰れそうだった。

「ホクト……。」

バトーが僕の方をふり返って見た。

「うん、大丈夫。大丈夫だよ、バトー。」

見上げると、一面の草原の向こうはすべて夜空で、無数の星が煌めいていた。

その日の未明、午前2時くらいにバローンオルトを出て、その日の夕方にウランバートルに着いた。ウランバートルの街に入って、馴染みの光景を目にした時、僕の中に安堵感が拡がっていった。

1年間住み続けたこの街。

サビーナと登ったザイサントルゴイの丘、街の眺めの中に突き出たように姿を見せる観覧車、高層ビルの群れ、バス停でバスを待つ人々、建物と建物の間に作られたわずかなスペースでビリヤードに興じる人々。それらを目にした時、僕は確かにこの街を愛していると思えた。この街には僕のこの1年間の思い出が詰まっている。

学生寮の前で僕はバトーと別れた。僕が乗車代を払うからと言ったが、彼はサラの友達だからと言って受け取らなかった。僕はバトーの手を両手で握って、何度もお礼を言った。彼は照れたようにニコニコ笑っていた。バトーは僕の力になれたことが、ただうれしいといった風だった。

僕は右足を引きずりながら、一歩、一歩、学生寮の階段を上った。

「おお、カディロフ！」

2階の廊下から階段へ出てくるカディロフと出会った。妙に懐かしい気がした。

彼は型どおりにいつものようにニコッと笑って僕に手を差し伸べた。

「やあ、カディロフ、また一緒に酒でも飲もう？何でもおごるぞ。カディロフ。」

僕はそう言いながら、彼の手を強く握った。そして彼の肩を叩いた。カディロフはうなずいたが、僕のやけに親しげに話す様子に不思議そうな顔をして僕を見ていた。

僕は足を引きずりながら、一歩、一歩階段を上って、やっと自分の部屋に辿り着いた。

「ああ、ホクト。」

ドアを開けると、いつもの自分の部屋。青いマグカーペットとベッドと机、そして窓の向こうに見えるラマ寺。僕は床に座り込んで、いつのまにかむせび泣いていた。今夜は屋根のある部屋でぐっすり眠れるのだと思った。

その次の夜から僕の体は高熱を発した。体が燃えるように熱かった。前日にカディロフが食材をまとめて買ってきてくれていた。ミネラルウオーターを、腹が膨れるほど飲んだ。カップラーメンを食べると、食べて1時間ほどですべて吐いてしまった。

風邪薬を飲んだが、その次の日はもっと具合が悪くなった。体の節々が痛んだ。歯の付け根まで痛くなった。体全体が妙な筋肉痛になったようだった。ベッドから起き上がろうとすると、めまいがして僕はひっくり返って倒れた。鉄板の上で焼かれる海老のように、僕はベッドの上で身もだえした。寝ている間に何度もベッドから転げ落ちた。僕の平熱は36度くらいだが、その体温が40度まで上がった。それでいて少しでも肌が空気に触れると身震いするほど寒かった。吐き気とめまい、まるで部屋全体がくるくる回ったり、高いところから一気に低いところまで落下するように、目の前の景色が揺れた。その苦しさが高じてくると、僕はのたうち回りながら、部屋に置いてある本を壁にいくつもいくつも投げつけて、苦しみを紛らわそうとした。

食事をしなければと思ったが、料理をする元気もなかった。僕は毎日フルーツのミックスジュースとインスタントのスープを飲み、少しばかりのパンをかじった。3日の間、時々誰かが僕の部屋のドアを叩いたが、僕は立ち上がることさえできなかった。

熱は4日経っても引かなかった。僕はベッドの上で荒い息をしながら、自分はこのまま死ぬんじゃないかという気がした。

突然、自分が幼児だったころの記憶が蘇ってきた。僕は母の腕に抱かれていて、その周りを囲んで、父や祖父母や親戚のおじさんやおばさんが僕を愛おしむように眺めていた。それから小学校時代の教室が見えてきた。教室の壁一面に皆の書いた習字の和紙が張られていた。給食の時間で同じ班の人がそれぞれ6人ずつくらい机を突き合わせていた。その日のメニューは大好きなカレーライスで、僕の隣にいた友達が「やったー、カレーだあ。」と興奮気味に言っていた。日直が教壇の前で「いただきます」と言うと、みんなで声を合わせて「いただきます」と言って食事を始めた。窓の外に目をやると、白い白線で引いたトラックが見えた。

僕はベッドの上で荒く息を吐き続けながら自分の弱気を戒めて、必ず日本に帰るのだと自分に言い聞かした。ちょうどその時、時刻は午後10時を回っていた。僕は体を起こさずに滑り落ちるように床に降りた。這いつくばって、机の引き出しを開け、中からサバイバルナイフを取り出した。僕は仰向けになったまま、そのサバイバルナイフの側面を自分の頬に当てた。

このナイフで人を殺せる。これは力だ。力は良いことにも悪いことにも使える。そして僕にも力がある。僕の身の内には力が宿っている。その力、いったい何に使う?僕は……。白井先生、あの大学の先生は僕を手なづけ、僕を飼いならし、僕はあの先生の願った通りに紹介された会社に入ろうとした。僕に自分の意志はなかった。

これからは僕は自分の意志で何かをしなくては。僕は何のために、何を志し、何をなそうか?

僕は這いつくばりながら部屋のドアに辿り着いて、何とか身を起こすと、ドアを開けてつんのめるように廊下に出て倒れた。

「カディロフ、カディロフ。誰かカディロフをこの部屋に呼んでくれ。」

僕は叫んだ。

数秒後に隣の部屋から韓国人の女子学生が飛び出してきた。うつ伏せになっている僕をほんの数秒眺めて、それから廊下の向こうへ駆けて行った。

ドアの鍵を開けたまま、僕は自分の部屋に戻って、床に胡坐をかいてベッドによりかかっていると、カディロフが入ってきた。僕はカディロフを見上げて、ふうと息を吐いて目をつぶった。

「ホクト。大丈夫か？」

カディロフがささやくようにそう言うと、僕は黙ってうなずいた。そして途切れ途切れになりながらも、次のようにカディロフに言った。

「カディロフ……、米を炊いてくれ……。水をたっぷり入れて炊くんだ。それと……中にタマネギと人参を細かく切って……、その中に入れて炊いてくれ。それと解熱剤を……どこかでもらってきてくれ……。日本のだと効かないみたいなんだ……。頼むぜ。」

僕はそれだけ言うと、何度も咳をして目をつぶった。カディロフはうなずいた。

カディロフは病人の僕を前にして、重要な任務を背負わされたと感じたようだ。かいがいしく料理の準備をし、炊飯器のスイッチを入れると、部屋を出て解熱剤を取りに行った。

僕は米が炊けると、牛のようにゆっくり、ゆっくりそれを噛んで飲み込んだ。消化できず、また吐いてしまうことが心配だったからだ。カディロフは4日分の僕の洗濯物を受け取って、また明日来るからと言うと部屋を出て行った。

僕はロシアの解熱剤を飲んで、ベッドにもぐりこんだ。すると1、2時間ですうっと体が軽くなったように感じたし、息が楽になった。僕はそのまま気を失ったように眠った。次の日の昼前に目を覚ますと、嘘のように体が楽だった。体温が38度まで下がった。めまいを起こさなくなった。体をベッドから起こすのもそれほどしんどくはなかった。それから3日もすると、カディロフとトランプゲームをするまでに回復していた。僕はそれから3日間、寮内の廊下を歩き、階段を上ったり下りたりして、リハビリをした。バローンオルトで経験したことを、詳細に日記に書いたりもした。

すっかり熱が平熱まで下がったのは、バローンオルトから帰ってきて、10日も経った頃だった。日本に帰る日まであと2週間だった。僕は美術館に行ったり、歴史博物館に行ったり、サーカスを見たり、芸能音楽を鑑賞したりして日々を過ごした。

20日にカルルがロシアから戻った。僕らは抱き合って再会を喜んだ。それから2人してミュージシャンのライブを見に行ったり、ディスコへ行ったりもした。冗談を言い合ったり、2人してはしゃぎまわったりしていても、ふと会話が途切れて沈黙が流れると、ある種の寂しさを僕らは感じた。僕らはもうすぐ離れ離れにならなきゃいけないということをいつも意識していたように思う。

サビーナがカザフスタンから戻ってきたのは、8月25日だった。それは帰国の6日前だった。僕は学生寮のエントランスで、大きな荷物を持って寮に入ってきたサビーナと偶然出会った。

「サビーナ……。」

「ホクト……。」

僕らは名前を呼び合っただけで、ただ微笑みあうだけだった。

六

「ねえ、サビーナ。本当に不思議だよね。今こうして2人でいることがさ。明後日には僕はもうここにいないんだぜ。」

僕とサビーナはザイサントルゴイのてっぺんからウランバートルの夜景を眺めていた。

サビーナは黙ったまま、僕の横顔を見た。

「僕は僕が生まれて育った国へ帰る。そしてサビーナもいずれはカザフスタンに帰っていくんだろう。サビーナが生まれ育った国へさ。帰りたくない。僕は、まだ日本へは帰りたくないと思うよ。でもさあ、僕は日本人なんだ。僕はさあ、モンゴルへ来てからも一時も日本人であることをやめたことはなかった。僕はさあ、バローンオルトという町で一人ぼっちになった時、僕は僕の故郷である日本の呼びかけを聞いて目覚めたんだ。僕が今まで日本で見てきたあらゆる情景が一気に目の前に展開されて、日本に対する狂おしいまでの愛おしさを感じて、僕が何者であるかを悟ったんだ。」

「それはそうよ。日本はあなたの国なのだから。自分の国を愛おしく思うのは私も同じ。私もカザフスタンを愛してる。でもねえ、北人。あなたに会えなくなるのは寂しいわ」

サビーナはそう言って僕の肩に手をおいた。僕はサビーナの顔を見てうなずいた。サビーナは美しい。サビーナはなんて美しいんだろうと僕は思った。僕はサビーナのその美しさを守るためなら、何だってやりたいような気がした。僕はサビーナのために何ができるだろうかと考えた。そして僕はサビーナの心に大きな光を残そうと思った。そしてこの先の人生でサビーナが困難にぶつかった時に、僕が残した光がサビーナを照らしてくれればいいと願った。僕はしばらく目をつぶって目を開いた。モンゴルの生活が終わろうとしている。今という一瞬一瞬が、まぶしく光輝いて欲しいと思った。

「ねえ、サビーナ。僕はもう明後日から毎日、日本語で会話する。きっとモンゴル語なんか一言もしゃべる機会はないだろうね。国と国というのは不思議なものだ。まるで死んで、違う場所で生き返るような気分だ。サビーナ。心にとめておいてほしい。僕は日本へ帰ったら、一生君とは会えないんだよ。」

サビーナは僕が見ている夜景をさえぎるようにして、僕の前に立った。睨み付けるようにして僕を見た。

「ひどいことを言うのね、ホクトって。あなたは日本へ帰ったら、私のことも忘れて、メールも送ってくれないってことね。一生会えないだなんて、もう一度きっとどこかで会おうって言ってくれないの？私を悲しい気持ちにさせて楽しいの？ホクト……。」

僕はサビーナの目を見つめながら、サビーナの手を両手で握った。

「僕らは遠く離れ離れになるんだ。こうやってサビーナの声を聞くことも、顔を見ることも、手を握ることもできない。メールのやりとりなんかして何になるって言うんだ。僕がメールで何を書いたとしたって、サビーナには何も伝わらないさ。日本の日常の匂いも雰囲気も何もかもメールじゃ伝わらない。一緒にいなきゃ意味がないんだ。」

僕を睨みつけていたサビーナの顔が今度は悲しげな顔に変わった。きっとサビーナが僕に期待していた言葉はこんなものじゃなかったのだろう。

「悲しい話をしないで。ホクト。何故そんなに……むきになったように……。」

僕は両手でサビーナの右手を握ったままでいた。

「違うんだ、サビーナ。未来のことなんか考えてほしくないんだ。日本に帰った僕は、モンゴルにいる僕とは違うんだ。僕は死ぬようなもんだ。死んで生き返るのさ。ねえ、サビーナ。もう時間がないんだ。一緒にいられるのは今しかない。またいつか会えるだなんて考えないでほしいんだ。今、こうして流れる一瞬、一瞬を大事にして欲しいんだ。」

はっと思い直したように、サビーナは目を見開いて僕を見た。

「ホクト。あなた、しばらく会わない間に変わったわね。」

僕はサビーナがそう言うのを聞いて、ふっと笑った。

僕はしばらく黙って考えた。それからじっとサビーナの目を見た。サビーナは首を傾げるようにして僕を見ている。

僕は不意にサビーナの肩を持って、一気に顔を近づけてサビーナの唇にキスをした。唇を離すと、サビーナは口を大きく開けて、仰天したように僕を見ていた。両目もこれ以上大きく開かないくらい大きく開けて、表情が固まっていた。でもその両目はまじまじと僕を見ていた。僕はゆっくりサビーナの肩から両腕を背中に回して、サビーナを抱いた。そしてささやくような声でサビーナに話した。

「ねえ、サビーナ。厳格なお父さんに、僕が君にキスしたことが知れたら、僕は殺されるかな。でも、どうか許してね。許してほしい。サビーナを悲しませるつもりなんてない。だから心を閉ざさないで欲しい。こうして2人で一緒にいられた時間が結晶になって、永遠に輝き続けてほしい。」

僕はサビーナの頬に自分の頬を当てながら、サビーナの頭を撫でた。しばらくして、体を離してサビーナの顔を見た。サビーナは感慨に浸るように笑みをこぼしながら僕を見ていた。

「悲しいだなんて……。ありがとう、ホクト。本当にあなたは変わったわね。ああ、なんか今夜見るウランバートルの夜景は一段ときれいね。」

僕らはそれからまた手を繋いでウランバートルの夜景を見下ろした。


今日、日本に帰ることが信じられなかった。ぼくは昼前に学生寮を出て、ラマ寺の向こうに拡がる青空を眺めながら、この景色を見るのも今日が最後だとは思えなかった。カディロフの奴は僕が今日帰ると言うのに、いくら部屋のドアを叩いても出てこない。きっと昨夜ウオッカを飲んで、酔っぱらって寝ているのだろう。僕は寮を出る直前に、学生寮の各部屋を回って、別れの挨拶を告げて行った。手を握り合い、僕らは抱き合った。女たちは僕の頬にキスをして別れの挨拶をした。

寮の前にタクシーが止まっている。アランが呼んでくれていたのだ。僕を空港まで見送ってくれるのは、アランとカルル、そしてサビーナだった。助手席にアランが座り、その後ろに僕を真ん中にして右側にサビーナ、そして左側にカルルが座った。カルルは僕に何度も、メールを送れと言ってきた。夏休み中、僕がカルルにメールを送らないでいたのをなじりながら、今度は日本に帰っても必ずメールを送ると僕に約束させた。

サビーナは僕の右手を握りながら、

「ホクトのいない学生寮は、さぞかし寂しく感じるでしょうね。」

などと言ってよりいっそう強く僕の手を握った。僕も強く握り返した。

大学の前を通り過ぎていく。見慣れた景色を通り過ぎていく。よく行っていたレストランもディスコも、あの観覧車も、ザイサントルゴイも。そして通りを行き来する人達も。

僕は2つの世界を意識した。一方に日本で僕を待ってくれている懐かしい人々と日本の風景があって、一方に別れ行くモンゴルの友人たちとモンゴルのこの空と街がある。そしてこの2つの世界は相容れないのだ。

やがて飛行場がずっと向こうに見えた。僕はもう戻れない道を走っているのだ。もう2度と戻れない道を。

空港に入って、搭乗のチケットを受け取ると、もう1週間でもいい、滞在が少しのびてくれたらいいと僕は思った。もう10分ほどで搭乗ゲートに入らなければならないという時、僕はアランとカルルを交互に抱きしめてお礼を言った。カルルは目を腫らして、子供のように鼻をすすりながら、目に涙を溜めた。アランは努めてニコニコしていたが、それでも目を赤くしていた。そしてサビーナと向き合った時、サビーナは今の現実を静かに受け止める覚悟を持った人のように、静かに微笑んでいるだけだった。

僕はその顔を見て、し忘れたことがあるような気が急にしてきた。もう時間がない。僕は不意にサビーナの手を取った。

「アラン、カルル、ちょっとごめんよ。すぐに戻ってくる。」

僕はサビーナの手を引っ張って走り出した。人と人との間を抜けて、数十メートルほど走った。搭乗チケットの受け取り口の前に3列に椅子がずらっと並んでいる。僕はそこまでサビーナを引っ張って行った。さすがに人目のつかないところまでは行けなかった。

「ねえ、サビーナ。」

僕はそう言うと、サビーナの唇にキスをして、そのままぐっと数秒の間サビーナを抱きしめた。この感触を長く記憶に留めておこうと思いながら。そして僕は体を離すと、サビーナの右手を両手で握った。

「ねえ、サビーナ。僕はサビーナを愛しているよ。僕はサビーナが大好きだ。サビーナ、サビーナ、サビーナ。僕は今のうちに何度でもサビーナの名前を呼んでおきたい。ねえ、サビーナ。僕はサビーナの恋人になりたかったな。」

僕がそう言うと、サビーナの顔は、たちまちきっちり結んでいた口も、伸ばした皮のように張っていた頬も、たちまちに緩んで目からはポロポロと涙がこぼれた。そして声を震わせながら、こう言った。

「ホクト……。私も、私もよ。愛してる、ホクト。」

もうさすがに時間がなかった。

「さあ、行こう。サビーナ。」

僕はサビーナの手を引っ張った。

「待って。ホクト。」

そう言うとサビーナは僕の唇にキスをした。

「ありがとう。ホクト。さあ、行きましょう。」

僕はうなずくと、またサビーナの手を引っ張って、アランとカルルがいるところ、搭乗ゲートの入口まで走った。アランとカルルは僕らの姿を見ると、早く早くと手招きしていた。カルルは急いで、持っていてくれたバックを僕に渡した。

「アラン、カルル、ごめん。それじゃあ、僕は行くよ。本当にみんな、ありがとう。さようなら。アラン、カルル、サビーナ。1年間ありがとう。ずっと忘れないよ。さようなら。」

僕はそう言って搭乗ゲートへ走っていった。そこを通る寸前にもう一度振り返った。アランとカルルは、相変わらず目を腫らしたまま手を振っている。サビーナは手を振りながら微笑んでいた。


僕は日本へ向かう飛行機の窓から外を眺めていた。拡散した光の中に、ちぎれた真っ白い雲が真下に拡がっていた。僕はその変わらない景色をただ眺めていた。

あそこには僕はもういないんだ。僕はあのウランバートルのあらゆる情景や、あの、僕の友達の住む学生寮を思い出しながら思った。あの様々な色のネオンが入り乱れて、大勢が踊り狂うディスコ。あの熱気の中に僕はいないのだ。アランやカルルやエフィやステファンやサビーナやレジナが、笑みを交わし合いながら、音楽とダンスに気分を高揚し合いながら踊る中に僕はいないのだ。カディロフはまたウオッカばかり飲んで、きっと皆に迷惑をかけるのだろう。あの学生寮の廊下には、部屋から漏れる皆の笑い声や話し声がこれからも響いているのだろう。僕はそこにはいない。みんな、僕を忘れて、日常の中で笑ったり、泣いたり、怒ったり、夢を見たり、挫折を味わったりすることだろう。僕はそこにはいない。僕はもう戻れない。これからはお互い、別々の生活の中で時が流れていくのだろう。

「ホクト。」

サビーナの僕を呼ぶ声を、耳元で聞いているかのように思い出す。

僕は別れ間際にサビーナに僕の気持ちを伝えた。僕はサビーナに思い出以上の何かを残せただろうか。

僕はサビーナを忘れない。サビーナとのことをずっと忘れない。僕はサビーナを信じてる。僕を愛してると言ってくれたサビーナの言葉を信じてる。お互い心が通い合えたと思えたあの瞬間を信じてる。サビーナも僕を信じてくれているだろうか。

窓の外は相変わらず白い雲が太陽の光を反射して眩しく光っている。

「サビーナ」

僕が小さくそう呟くと僕の声に振り向くサビーナの顔が光の中に浮かんだ。

飛行機が日本の地へ近づいてきた。やがて飛行機は徐々に降下していった。窓から外を見ると、雲の下に海が拡がっていた。空が厚い靄に包まれているように、煙っていた。遠い景色が靄に包まれて見えなかった。空気が汚いのだ。これが日本だ。僕はそう思って、拳に力を入れた。

僕は歩いていく。僕は歩いていくのだ。この国で。僕はこの国のあらゆるものを憎み、あらゆるものを愛するだろう。この国で起るあらゆる出来事を、僕は僕自身の問題としてとらえるだろう。故郷とはきっとそういうものなのだ。

僕はこの国で襲い掛かってくるあらゆる波に呑まれながら、それでも自分の進むべき道を見定めて歩いていくだろう。

機内のアナウンスであと10分で着陸すると伝えられた。僕は目をつぶった。

目をつぶると、バローンオルトで見たオリオン座が目に浮かんだ。妙に胸が熱くなった。

あの時見たオリオン座も、決して忘れずにいようと心に決めた。

跋文

跋文

日向暁（ひむかさとる） 小説『覚醒～見上げればオリオン座～』
生きていることの実感と心の星のつながり

佐相　憲一（詩人）

主体的に生きるということ。それはなかなか難しい。生まれながらの生存環境があり、自ら方向づけがなされると言っても、社会システムのもとで人は完全にフリーにはなれない。さまざまな条件と他者存在に影響されながら、時には運命づけられながら、それぞれに可能なことを実行していくというのが実情だろう。「恵まれた環境」「不遇」と呼ばれるものは相対的なもので、その人にとって何が幸福なのかは自分自身にさえわからないまま、信じる方向へ日々生きているのだろう。億万長者になりたい（悪いことをしないで可能なのかどうか今日では疑問だが）とか、所属する社会の経済的ヒエラルキーの上の方にたどりつきたいという野望を抱く人もいれば、地球環境の摂理を大事にしてささやかな友愛関係を大事にすることを自らの哲学に選ぶ人もいる。職業や職業外のそれぞれの「道」の追求・追究を生きがいとする人生選択もある。昨今の格差社会では貧困層の暮らしがよくなることが真っ先に求められるが、必要最低限の文化的な生存条件がある場合、では何を指針に生きていくのかという問題は多くの日本青年にとって悩みの種だ。バブル経済時代の幻想が崩れ、就職難や晩婚、少子高齢化社会といった様相のもとで、あるいは他方で急速にすすんだ国際化の中で、本当の生きがいを見つけようとする人びとの葛藤が続く。

モンゴルにでも行ってみるか。今日において、それは決して突飛な発想ではないだろう。「モンゴル」をほかのどこかの国名におきかえるなら、少なくない日本人が海外体験に人生のヒントや活路を求めているように思われる。

そんな時代に生まれたのがこの小説『覚醒~見上げればオリオン座~』である。

モンゴルと聞けば、横綱、大関をはじめ日本の大相撲をわかせる力士たちの顔が浮かび、モンゴロイドという親しみも連想され、世界史上の伝説なども想像されるだろう。ぼくは一昨年、横浜のユーラシア文化館でモンゴル展を見たが、伝統衣装やパオ（ゲル）模型が新鮮だった。知識では知っていても、実際に目にすると強い興味がわくものだ。また、ついこの間まで住んでいた北新宿周辺では、コリアンタウンの韓国語や雑多アジアタウンの中国語、タイ語、ベトナム語、ヒンディー語などと混じって、顔つきは中国人や韓国人や日本人に似ていながらぼくには何語かわからない不思議な響きも聞こえてきた。モンゴル語に違いないと想像して、何か交流のきっかけでもあればいいなあなどと眺めていたものである。

　小説の中で主人公の青年・北人は次のように言っている。

〈僕は昔、遠い過去へ行ってみたいと思ったことがあるんです。僕は原始的生活への憧れがあるんです。モンゴルの遊牧民は昔ながらの生活を続けているそうです。僕は、広大な草原だけが広がるところで、自然と共に生きるモンゴルの遊牧民に会ってみたいんですよ。〉

　この言葉は小説全体の動機をよく表している。「そんな夢物語を」などと嘲笑する向きはすでに人生が麻痺し、生の想像力と夢を失ってしまっているかもしれない。実際に行くかどうかはともかくとして、生き方に真剣に迷う者がピュアなひたむきさで模索していることは、この汚れきった現代日本社会の中でなかなか見られない姿勢だ。鬱屈感、閉塞感が若者の心を覆い、インターネットなどを悪用したいじめや犯罪も頻発しているいま、人が生きるとはどんなことなのか、根本から自らに問い、行動する主人公の姿は、混沌の時代の星に見える。うまくいくかどうかが問題ではない。本当の原風景を探して前向きに動いていくこと、それが大事なのだということをこの作品は感じさせてくれるのだ。

　矛盾だらけのもやもやの中を歩きながら、モンゴルという地での一日一日が主人公を目覚めさせていく。作者の頭の中であらかじめつくられたサクセス・ストーリーではない。主人公は結局のところ、何かに「成功」するというわけでもないし、ひどく苦い体験もたくさん出てくる。しかし、読む者は、日本の場面にくらべてモンゴルの場面で明らかに主人公が活発になっていき、他者と関わるようになっていき、人生について自分の頭で考えるようになっていくのを目撃するのだ。それが全くわざとらしくない。リアルで切実で生き生きとしている。そのわけは、作者・日向暁氏のモンゴル生活をベースに書かれているからであろう。この北人の物語は作者自身の物語ではなくフィクションで、主人公イコール作者ではないが、モンゴルの大学に留学体験をもつ作者ならではのものが濃厚に反映していることを強調しておきたい。それも観光や短期ステイではなく、実際にそこに住んでいたことがベースになっている。北人の青春と精神的自立の物語には、作者の人間観、世界観、そして問題意識や願いのかたちが表現されていると言えよう。

　舞台はモンゴル、主人公は日本人だが、この小説には日本人があまり縁のないアジア各地出身の若者が生き生きと描かれている。

本作のハイライトで淡い恋物語を演じるヒロイン・サビーナはカザフスタン人女性である。カザフスタン。その響きを聞いて、年配の方なら旧ソ連中央アジア部の東洋系の民族と思い浮かべる方もおられるだろう。ぼくは以前、いわゆるペレストロイカ時代にセゾン系映画館でカザフスタン映画を観た記憶があるが、一体どんな人びとが住んでいるのだろうといまも興味津々である。日本の生活で優柔不断とされていた北人が、異国の地で数々の体験をして、カザフスタン人の女性と繊細な心を通わすのを読むのは、ぼくには豊かな喜びであった。読者諸氏はいかがであろうか。ハイライトのラブシーンはなかなかせつなく、これから互いの国へ帰った後、どうなるのかは誰にもわからない。本作は作者初めての小説集であるが、この微妙な暗示と余韻の読後感は、ただ者ではないだろう。渾身作でのデビューである。

さらに交友関係で重要な存在感を示しているのがブリヤート人たちだ。「ブリヤートって、どこ?」と聞かれて即答できる日本人はごく少数だろう。エキゾチックなこの響きもまた、小説舞台の国際性を際立たせている。本の巻頭に掲載された地図をご覧いただきたい。ブリヤート共和国はロシア連邦内のシベリアにあり、有名なバイカル湖がある辺りだ。ロシア国内にあるためロシア人が多く暮らすが、少数民族のブリヤート人はもともとモンゴル系である。ロシア人との混血も多いらしい。

この小説によると、モンゴルにはブリヤート人やカザフスタン人などがそれぞれの目的で頻繁に往来し、学んだりしているらしい。ここに韓国人留学生なども加わって、主人公・北人の周りはにぎやかだ。

仲良くなったり、喧嘩したり、相性のいい人もいればよくない人もいる。時に破天荒な青春の渦が国際色を伴って巻き起こりもするが、困ったときは親身になって寄り添ってくれもする。作者はモンゴルの巷の様子を美化してはいない。周辺国を含めて世界情勢が反映した現状への辛口の批評眼も感じられるのだが、そうしたリアルな展開だからこそ、渦巻く混沌の中にぽっと灯るひとの心のぬくもりがいっそうの真実味を帯びて伝わってくるのだろう。祖国・日本の日常生活では感じられなかったような真の人間関係を、他民族の青年とこのモンゴルの地で築く展開は、時にハラハラさせながら深い共感を誘う。

モンゴル関係者が読むとそのあたりで苦い味もするかもしれない。だが、この物語でオリオン座のように輝いているのは、現実のモンゴルを舞台に繰り広げられる原点的な人間交流であり、作者が心をこめて捧げているのはモンゴルの大地と人びと、東アジア・中央アジアの人びとへの親しみと敬愛だ。主人公が見つめるオリオン座の光。それはモンゴルに象徴される夢やあこがれの光であり、そこで出会った友情や恋心であり、これからの人生を暗示する光でもあろう。それらの光はつながって、生きることの星座ができるのかもしれない。

モンゴル体験が照射するのは若者の実感としての現代日本社会の混迷でもあろう。ここに登場する日本国内の人びとは決して「悪人」ではない。それぞれまじめに生きており、主人公にも「好意」をもっている。だが、何気なく進行していつしか固定的な役割におさまる関係性は、一歩引いたところから見ると、決して真に幸福そうには見えない。「みんながそうするから」「誰それがそうしろと言うから」、そんな動機でなんとなく生きていても、正直どこか憂鬱でつまらないだろう。作者が主人公の自我の目覚めに託して提示してみせたものは、狭い枠の中にいれば仲間、ちょっと立ち止まるとすぐ仲間はずれ、といった重苦しい空気ではないだろうか。人生の長いスパンで見ればかえってプラスになるだろう行動に対して、きのうまで味方だったはずの人が手のひらをかえすように非難の声を浴びせる。本来自由意思で選択できるはずのものが、これこれこういう時にはこういうルートで言うことを聞くのが大人の常識だと言わんばかりの圧力となって降りかかる。あまり深刻にならないように書かれてはいるが、現代日本の精神風土への批判もこめられているようだ。

それでも、たくましくなって日本に帰っていく主人公。現実にはこの後、うまく適応できずにまた壁にぶつかるかもしれない。そんな心配も読み手の胸によぎったりするが、モンゴル体験前と後で明らかに違っているのは、生きる意欲と主体性だろう。だから、たとえどんな新たな壁にぶつかろうとも、これ以降、自分自身や他者との関係性において、傍観的でない行動力を発揮するであろうと予感できるのだ。それは同時に、読み手それぞれの人生の困難にも響くものがあるだろう。

自分なりの価値観をもって自覚的に生きるということ。異郷の地で自ら内面的にたたかいとったその実感が、読む者の生への励ましともなって時代の闇夜に光る。

不思議系と言える占い師の女性・宙（そら）のセリフを引用して、このすてきな物語への言葉を閉じよう。

〈開いたことのない扉を開くのは勇気のいることよね。不安なことよね。でも、ほんの一時だけ勇気を出して欲しいの。一度開いたことのない扉を開いてしまえば、そんなに怯えることもなくなるのよ。〉

〈あなたの苦悩があなたに道を指示してくれるのです。〉

あとがき・略歴

あとがき

ずっと真剣に生きようとしてきた。

ごまかさず、目を背けず、周りの空気に身を委ねず、自分と向き合い、他人と向き合おうとしてきた。

しかし僕はいつも、何を話しても、何をしていても、精神は弛緩していて、気分は浮ついているように思えた。

時に真剣さというものを自分の中に見つけ、時にそれを見失った。ある時は真剣さというものを誤解し、偽善と欺瞞がそれにとって代わろうとしているのに気づいた。

僕は歳をとるにつれて、真剣さというものを完全に失うことを極度に恐れた。

そうなったら、僕は死んだも同然だと頑なに考えた。

何故なら真剣でいるということは、自分を失わないということだと思うからだ。真剣さを失ったら、僕のあらゆる言動はすべて嘘になってしまうのではないだろうか。

本作品では、主人公が孤独や不安に苛まれながらも、真剣に生きようとし、それを求め、その中で何かを掴み取っている姿を描いたつもりだ。

読者の皆さんがその何かを、自身の心の中に見つけて、それに感じ入ってくれたら、これほど嬉しいことはない。

最後に、いつも僕を励まし、僕に何度も出版を強く勧めてくれた親友の井上摩耶さん、僕の作品の趣旨をくみ取って素敵な表紙絵を描いてくれた親友の神月ＲＯＩさん、どうもありがとう。

また、本作の推敲の際、様々なアドバイスをくれたほか、跋文を書いてくれた編集者で詩人の佐相憲一さん、大変お世話になりました。本当にありがとうございました。

そしてこの本を手に取って、最後までお読みくださったすべての方に感謝致します。

二〇一六年七月　　著者

日向　暁（ひむか　さとる）略歴

一九七九年生まれ。群馬県出身。

父の転勤で四歳から今に至るまで東京に在住。

大学在学中、小説家を志し、小説を書き始める。

大学卒業後、モンゴルに渡り一年の語学留学。

その後、炉端焼きの焼方、ホテルスタッフ、マンション管理会社の社員、日本語教師、今現在はメガネ屋の販売員と職を転々とする。

学生時代から、社会人になってからも、異国の文化に興味を持ち、アメリカ、韓国、モンゴル、ロシア、中国、台湾、香港などへ、一人旅に出かける。

現住所
〒一六八 - 〇〇八二
東京都杉並区久我山二 - 四 - 二　吉井豪方

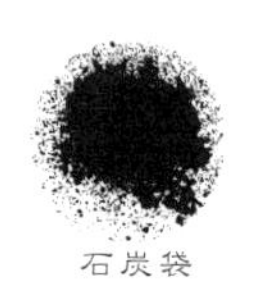

日向暁（ひむかさとる）小説『覚醒 ～見上げればオリオン座～』

2016年8月7日　初版発行

著　者　日向　暁

編　集　佐相憲一

発行者　鈴木比佐雄

発行所　株式会社 コールサック社
〒173-0004　東京都板橋区板橋 2-63-4-209
電話 03-5944-3258　FAX 03-5944-3238
suzuki@coal-sack.com　http://www.coal-sack.com
郵便振替　00180-4-741802
印刷管理　（株）コールサック社　製作部

＊表紙絵　神月ROI　＊装幀　奥川はるみ

落丁本：乱丁本はお取り替えいたします。
ISBN978-4-86435-253-6　C0093　￥1500E